Seba・蝴蝶

Seba・蝴蝶

Seba · 蝴蝶

Seba · 蝴蝶

蝴蝶館 28

荒厄
〈卷二〉

Seba 蝴蝶 ◎ 著

elegantbooks

楔子　夏末行龍

科技昌明的二十一世紀初期的夏末，在南台灣突然出現了一條龍。

目擊者不但眾多，還有許多人拍下了照片。一時之間，不但占據了報紙的頭條，新聞報導也播到幾乎爛掉。

據說那條龍乘著狂風暴雨而來，就飛舞在蓮護大學的上空。目擊者信誓旦旦，但照片被強烈的白光占據，實在不怎麼清楚。有的人說不過是擬真的閃電，也有人說是造假的。

但他們實在無法解釋這條銀白泛著藍光的「閃電」，為什麼可以盤旋夭矯於空，足足逗留了兩個小時，電視台甚至來得及趕到，拍下祂栩栩如生的身影。

這件事情熱鬧了很久，甚至開學後也不減其興致。

知道真相的人不多，我也祈禱自己能夠一無所知。可惜沒有天從人願這種好事。

那條魯直的龍跑來的時候，我正在朔的家蜷成一團，忠實的模擬龍蝦生態，荒厄窩在我的枕邊，正睡得胡天胡地。

其實，荒厄因為吃了龍氣大病的時候，我就該有心理準備了，但我只顧著慌張，逃回朔的家裡還暗自慶幸，病的只有荒厄，我一點事情也沒有……頂多淋了雨，有些傷風罷了。

但我錯得非常徹底。

荒厄和我混雜的那麼深，她都病倒了，我怎麼可能沒事？她原本就是偏純陰的妖怪，而我又弄出個虛畏的體質。被至陽至剛的龍氣一沖……不過是早和晚的分別。

我已經不想去提有多慘烈了……總之，回來沒多久，母獅小姐的生靈也追來了。雖說已經不具傷人的能力，但這位不屈不撓的女王還是放出氣勢十足的虛影，讓我的精神面飽受傷害……更糟糕的是，被龍氣刺激，第三天我就提早來了「大姨媽」，宛如山洪爆發般。

每天上過洗手間我就得刷馬桶，洗過澡就得清理「命案現場」。加上母獅小姐的驚嚇，我真的覺得內外煎熬，苦不堪言。

但朔幫我看了看，只淡淡的說，「就當作促進新陳代謝吧！」沒打算下什麼藥。

基本上，我是相信她的。但這個「新陳代謝」已經讓我開始不相信我脊椎造血的功能可以趕上失血的速度了。

我捧著肚子，費盡力氣在正中午出門去醫院。等了一個多小時，醫生看了我兩分鐘，開了一把普拿疼給我，連鐵劑或鈣片都沒開。

忍不住跟醫生提及我的憂慮，他很不耐煩，「沒人因為月經失血過度死掉的。」然後就把我趕出去。

冒著冷汗，我慢慢的騎車回家。一進門，我就衝進浴室裡洗澡洗衣服順便刷浴室，然後倒在床上動都不能動。

十天後，歡夠了的龍跑了來，我還倒在床上，和荒厄躺在一起。說起來，她比我好多了。她最少可以睡得四腳朝天，我則是跟龍蝦沒兩樣，而且還是煮熟冒煙的龍蝦。

本來害怕祂跑來找我，但祂在天空耀武揚威了兩個鐘頭，又撒歡兒走了。我略感安慰，但維持不到十分鐘。因為我收的鬼使高高興興的飛進來，連大白天和朔的結界都沒能擋住他。

看到他手底捧的文書，我心底一涼。這還是頭回看到老大爺發公文，突然有了大難臨頭的預感。

「大人說，」鬼使蹦蹦跳跳的，「要妳馬上去見他。」

我在枕上勉強抬頭看他，好一會兒我才悶聲說，「……我、我不方便。可否等我……那個，那個大姨媽過去了，再去找他老人家？」

他滿感興趣的問，「是哪個大姨媽？她在哪？為什麼她來妳就不能去？」

我很想掐死他，可惜我半點力氣都沒有。

「……你就這麼跟老大爺說就好，他會懂的。」

安靜沒一刻鐘，他又來了，非常粗魯的把我搖醒。

「老大人說，」他偏著頭，「就算妳每個毛細孔都在噴血，也馬上給他滾上山。」他露出更感興趣的神情，「主人，我沒想到妳會這招。幾時妳要表演？我還沒看過人每個毛細孔都會噴血呢。」

……我的錯，是我的錯。當初劍龍要吃就讓他吃了，保這些從大腦爛起的死小鬼做什麼？

勉強起身，鬼使還很熱切的貼過來問，「主人，妳幾時要表演？妳能不能保留到大人那兒再表演？阿乙阿丙一定也很想看，還有阿娘的娃娃……」

「你給我閉嘴！」我對他吼，然後因為聲音太大，鬧得我自己頭痛欲裂。「你回去跟老大爺說，我這就去了。別杵在這兒！」

躺在我枕邊的荒厄已經笑得滾來滾去好一會兒，現在挺直著，流著眼淚，有氣無力的哈哈。

用力把她埋在枕頭底下，可惜戾鳥韌命，悶不死她。

黯淡的痀僂著背，換了外出服，舉步維艱的下了樓，以時速二十公里的速度慢吞吞的騎上山。

想也知道老大爺找我去做什麼……真傷悲，暑假都還沒過去呢，就這麼坎坷。

轉學考不知道是怎樣的程序……我還是查查看好了。我的成績不知道進不進得了逢甲……找個機會去逢甲勘查看看，看人氣夠不夠旺。

我還想多活幾年。

之一　廢業

我就知道，老大爺一定會發脾氣，但祂實在太誇張。

規矩上，身有月事的女人是不能進廟的，但祂氣得叫我馬上滾進去。

「……老大爺，我不方便。」站在祠外，我悶悶的說。

「叫妳進來就進來，難道還要老兒下帖子請？妳這丫頭膽子越來越大了，吭?!」祂一整個暴跳如雷，「妳那破爛短命的命格還敢跟我梆啊梆的強嘴？滾進來！」

我低著頭走到祂案前，祂氣得鬍子飄飛，聲如洪鐘的破口大罵，「妳還真以為妳是靈異少女林默娘啊?!以為放了暑假就不歸我管是吧?!老兒也很不愛管妳……但是怎麼著？大家都以為妳是幫我辦事的乩身！妳長不長眼啊我問妳，妳破了風水放了蛟龍……妳是跟天公借膽是吧~還好那條龍腦子有點缺角，若沒有就是災難了……妳是腦子進水還是壓根沒有腦子這種東西？鬼魂兒亂撿就算了，撿到龍去了……龍啊，是龍啊！……」

我低頭，乖乖的聽，儘可能表現得一副誠摯懺悔的模樣。坦白講，我正在冒冷汗，肚子痛就算了，我的頭像是有斧頭在劈。

又跳又罵了一會兒，祂老人家端了一碗公的水在供桌上，抓了一把香爐的灰扔進去，「喝掉！」

我瞠目看著一大海碗、髒兮兮的水。「……老大爺，沒必要這麼罰我吧？我已經知道錯了……」

祂深深吸了一口氣……然後怒吼出聲，「給我喝！老兒還會害妳嗎?!其實真該不要管妳去死……喝！」

……我屈服於惡勢力，雖然這麼噁心，我也不敢吐，乖乖的乾了。滿肚子水，超難過的……

但我原本的不舒服突然緩解了，最少我直得起背。老大爺還滔滔不絕的罵，連說帶念的。

老人家就是碎嘴……還是該說傲嬌呢？

聽祂罵了半天，我都不知道回了多少不是，才勉強讓祂息怒。

「丫頭！」祂沉痛的說，「我知道妳心好、純良。但有些事情真的不該妳管。妳可憐那條蛟龍的無辜，怎麼不可憐這一島生靈？祂會鎮在那兒也是沒辦法的事情……只能說是劫數。妳這麼橫插一手，誰知道會有什麼天災人禍？當初拘了那蛟的道士饒不饒妳？妳拿什麼跟人家講話？妳這麼一個單弱的小姑娘……」

老大爺說，當初遷播來台，天災人禍不斷，讓當時的頭子頗傷腦筋。後來委託了一個高道，在北中南設下若干風水奇陣，陣眼就是這隻不日飛升的蛟。這個遍地厲氣、水患頻仍的小島，才穩定下來，有今天繁華的局面。

時日漸漸過去，北中南的陣都紛紛毀壞，或造路、或建屋，只剩下陣眼的蛟苦撐。

原來祂這樣被拘禁了將近半世紀。

「……老大爺，祂犯了什麼過錯得扛起一島呢？」明知道不該頂嘴，但我就是忍不住。

老大爺讓我問得啞口，好一會兒才說，「就跟妳說是劫數。」

「劫數又是誰定的呢？」我更不開心了。就為了人類要好生存，把沒犯什麼錯的蛟抓來關在地底下，當什麼陣眼。有那個精力搞這個，幹嘛不把力氣擺在現實面？「既然祂被放了出來，應該算是劫數滿了吧？我不過剛好在那兒罷了。」

「妳給我推託得這麼乾淨！」老大爺跳起來，「妳知道祂是圓是扁，是好是壞？還不是先救了再說？這麼莽莽撞撞還敢頂嘴！妳這白痴！好在那龍腦子不大健全，不知道要計較……結果祂登門來謝，因為妳是替我辦事的！妳到底知不知道我扛了什麼關係啊?!我只是個土地公！」

我低頭讓祂罵個高興，知道事態其實很嚴重。要拘一隻蛟起來，大約都已經跟上下長官打點過了，人家是高道麼……我這麼鹵莽的把蛟放出來，而且那隻蛟還成了龍……

上下長官不免要「關切」一下。既然不能直接把我五雷轟頂，就只好找我的「上司」。

可憐老大爺只能硬著頭皮幫我扛，即使有名無實。

所以我乖乖的聽祂罵、聽祂訓。坦白說，真心為我好而罵我的人，一隻手都數不滿，有人肯罵，還算是福氣呢。

想想老大爺為我挨了多少官腔……就算祂逼我喝下一缸香灰水，我也會乖乖灌下去的。

但我沒想到，那種髒兮兮的香灰水真的是有效的。

回到家，在樓下遇到了朔，她抿了抿嘴，「……地祇還是插手了。對妳可不知道是福是禍了……」

我說過，高人說話都高來高去的，我若聽得懂，智商早破一百八，上台清交去了，怎麼可能在這破大學苦捱。

正滿頭霧水，爬樓回房間……才走入房裡，荒厄尖叫一聲，病得軟綿綿的她一躍而起，撞了兩次窗戶才歪歪斜斜的飛走，一面逃還一面罵，「那糟老頭跟我搶什麼人?!沒心少肺的……想害死我？……」

我瞠目看著她飛出去，然後墜落在院子裡。還是關海法把她啣進來。就說了，她整組壞光光，就是舌頭完全，整個人癱軟，還是中氣十足的罵個不停。

伸手要抱她，她尖叫得非常淒厲，「別靠近我～饒了我吧～糟老頭到底給妳喝啥?臭死人啦～」

這就是她最倒楣的宿命。明明受不了，她還是得跟我綁在一起，一直到要開學了，她才勉強適應。

那陣子真是我出生以來身體最強壯的時候。別說荒厄害怕，連老愛跟著唐晨的那票異類都望風而逃。

……對，唐晨真的來當我鄰居了。

朔的咖啡廳不知道是誰設計的，座西朝東。一樓是店面，二樓則是住家。二樓有三個套房，前後有陽台。奇怪的是，前後陽台是共通的。我和朔都住在邊間，唐晨住在中間那間。

不好的是，我跟唐晨比鄰而居，連到後陽台曬衣服都要大眼瞪小眼，連個牆都沒有。

……被母獅小姐知道，我恐怕活不到三年級。

我的心情灰溜溜的，但荒厄樂得要命。唐晨一搬來，她黏他黏得死緊。不過也不是一點好處也沒有的……得了唐晨的氣浸潤，荒厄總算恢復了些，不再纏綿病榻了。

話說病也好了，但我總覺得荒厄有話要對我講，只是吞吞吐吐。我們牽牽絆絆一輩子，情緒深染，荒厄對我豎起高牆，還真是沒有的事情。

「妳到底想說什麼？」我一把抓住她。

她厭惡的把臉挪開，「厚，妳臭死了……別靠近我。死糟老頭，跟我搶什麼人呢？」

「老大爺可以跟妳搶誰？難不成還搶我？」我半開玩笑的回她。

我還以為她會嗆回來呢，結果她居然不吭聲。這反而讓我嚇到了。「……老大爺要我幹嘛？」

「還能幹嘛？」她粗聲粗氣的回，「不就領旨辦事？他們那些公務員只想著怎麼偷懶而已……」

聽她這樣講，我反而放鬆的笑起來。

我對裡世界不熟，但也不可能一無所知。荒厄整天喋喋不休，就算不懂，也聽到半熟了。

所謂領旨辦事，講簡單點就是神明找個代言人。這種年代，沒有那種訓練有素、溝通神鬼的巫者了。各家神明只好各顯神通，找體質將就的凡人代言，也不是什麼希罕事情。

但找領旨辦事的代言人，是「長官」們擺擺架子的特權，哪裡輪得到土地公？拿人間來比喻，人家不是人事局長就是監察部長，我們學校的土地公本領再大，也不過是個派出所的管區警員。

你聽過管區還可以擺譜的？

當然我覺得我們家老大爺很厲害，就像人間十項全能、腰繫黑帶的高手，但這樣罩的老大爺，還是只管了一個原為墳山的學校。

「沒有土地公降乩，還派人領旨辦事的。」我笑。

荒厄忍了忍，還是嚷了出來，「別個土地公大約不行，糟老頭是誰？我不管，蘅芷，妳不准去幫祂辦事！喝了幾口香灰水就臭成這樣了……妳幫祂辦事我還能活嗎？聽到了沒有?!」

我驚異起來。「……咱們家老大爺是誰呢？」

但不管我怎麼問，荒厄死都不肯告訴我了。

荒厄說過，「那邊的管區不難相處。」

但我跟她混這麼久，可沒見過她願意跟誰「好相處」。聽說我來念大學的時候，我原居附近的土地公和地基主放了好長的鞭炮。

本來麼，我們之前都居住在都市，連能力強一點的鬼魂兒都不多見，何況是上得了臺面的妖怪。既然沒有那麼迫切的需求，在地的土地公和地基主個性和平也是情理之內。

這讓荒厄鼻孔朝天很多年，也讓她對這些神界公務員非常不客氣。

但我仔細想想，荒厄喊其他土地公，往往是目中無人的「喂」，但喊我們老大爺，卻是氣忿忿的「糟老頭」。

這對荒厄來說，已經過度有禮貌了。畢竟她的字典根本欠缺「禮貌」這兩個字。

我猜，荒厄可能早就認識或知道老大爺。但荒厄既然不想講，我也不想問。

當然，是人就有好奇心。但好奇心往往是通往「麻煩」最迅速的道路。既然我沒打算「領旨辦事」，當什麼神職，就沒必要去挖老大爺的隱私。等等鬧到我得接下神職，脫身不得，叫苦就太晚了。

你想想，我臉皮這麼薄的一個人，若有個人朝我喊上一聲「神棍」，我捱得住？但光當神職不出家，我又不能餐霞飲露過日子。

再說，開學了，事情一大堆。和唐晨比鄰而居也讓我精神上非常疲憊……他搬來那天，母獅小姐也跟著來宣告主權。我是很想奪門而逃……但為了我破爛的人際關係，我又不能真的這麼做。

最後是朔邀她去喝茶，不知道跟她說了什麼，她才略略放心，每天來蹲點的猛獅虛影才消失無蹤。

「很有天賦的孩子。」朔對我說。

我乾笑兩聲，卻不敢建議她。坦白講，母獅小姐比我更適合當朔的學生。但我想，若母獅小姐真的成了朔的學生……我大約連第二天的太陽都看不到。

「可惜不是只有天賦就夠了。」朔惋惜的搖搖頭，「她對自己的能力一點自覺也沒有，到現在還以為只是夢的一部分。但身為人類，潛意識就這麼鋒利……絕對不是當個巫婆的料。」

她瞅著我，害我忐忑起來。「……我也不是巫婆的料。」

「是嗎?」她笑了,「其實一個好的巫者,首先要學會當個人。」

……跟他們這些高人說話真的很累。

但我沒空細想她話裡的深意。現在我住到山下,得花三十分鐘才能到學校。自從唐晨頭天上學表演了車毀飛天的戲碼,我就徹底嚇破膽了。

他簇新的機車在緩坡突然失控的往山壁撞上去,整個人都飛起來,跌到十公尺外的柏油路上。我的車就在他後面,明明我們倆的時速沒超過二十。

我不懂,我真的不懂。這麼慢的行車,那輛剛買沒一個禮拜的新機車居然撞成一團廢鐵。

衝過去,我緊張得全身發抖,眼底不斷滾著淚,顫得連他安全帽的繫帶都解不開。還是他自己解開,對我苦笑。

「我沒事。」他坐起來,拿下安全帽,手腕上的佛珠不但斷了線,還乾脆的碎裂了。

是啦,我知道他洪福齊天,可以化險為夷。但我的心臟這樣的嬌弱,熬不住下次「空中飛人」的折磨。

所以，我寧可每天載他去上學，載他放學，任勞任怨。每次想偷懶……我就想到他飛天的那瞬間。

我寧願辛苦一點。

當然被傳得更神奇、更離譜。我只能說人生來就是愛八卦的，嘴長在他們臉上，哪裡管得住。

「……現在你們的三角苦戀已經連GL都有了。」大病初癒的荒厄高談闊論，「他們說，不但唐晨周旋在兩個女人之間非常困擾，連妳和那頭母獅都開始冒百合了呢～」

忍無可忍，我一把抓住荒厄，對著她哈了一口氣。

她叫得非常淒涼，「臭死人啦～別靠近我～」掙扎著逃之夭夭。

老大爺的香灰水，真的是夠靈驗的了。

我是不知道唐晨懂不懂我為何如此堅持，不過他總是滿懷歉意的要我別這麼辛苦。

「別在意。」我悶悶的回答，「共乘可以節能減碳。」

「最好是這樣啦！」荒厄大聲嘲笑。

我瞪了她一眼。「我看妳這麼病厭厭的……晚點我去跟老大爺求個一缸香灰水好了。」

她臉色大變，馬上把嘴閉起來，鑽到唐晨的懷裡。

「為什麼我災殃隨行？」唐晨肅穆起來，「蘅芷，妳坦白告訴我，為什麼呢？」

愣了一下，我才聽懂他的意思。心裡轉了好幾轉，反而困惑。高人世伯從來沒有告訴他嗎？這樣大力迴護，百般推算，卻不曾告訴過他真正的真相？

「因為……」我開口，發現我沒辦法告訴他。

他啊，和我或世伯是不一樣的。我因為荒厄被迫要和裡世界這麼接近，世伯是個修道人。

但唐晨就是一個普通人，一個普通的、卻擁有俗世周全、心性美好的人。他知道這些做什麼？若知道他是唐僧肉，世間無數異類垂涎的對象，對他有什麼好處？徒增無謂的恐懼罷了。他現在可以逢凶化吉，除了親族豐沛的愛，最主要的是他一無所知。

去了這層「不知者不罪」的屏障，對他只有厄運沒有好處。

「……只是倒楣罷了。」我低聲。

他緊皺著眉，「妳跟世伯怎麼說一樣的話？我不想給任何人帶來災殃！」第一次，總是笑嘻嘻的他露出深刻的痛苦。

這瞬間，我突然懂了世伯的心情。看過無數世情，歷盡（聽盡）無限滄桑，對人呢，往往會氣餒。

但看著唐晨，就覺得還有希望。所謂上帝的寵兒，卻這樣溫柔純良，為了會牽連別人這樣痛苦莫名。因為他全無防備，所以我深染到他的情緒了，甚至是陰暗自毀的那一面。

「失去你，對我來說才是最可怕的災殃呢。」我輕輕按了按他的手臂，「你是我最好的朋友，而且是唯一的。你不用怕牽連我……我又不是普通人。」

真沒想到我會說出這麼肉麻的話，還不會結巴。但我和唐晨一起紅了臉，尷尬得不得了。

荒厄對我擠眉弄眼，縮在唐晨的懷裡嘿嘿的笑。看到那賊笑，我受不了了。奪過唐晨的書包，先砸得她哭爹喊娘再說。

然後這個心慈意軟的「唐僧」，笑著攔我，代那隻沒眼色的妖怪討饒。

對於這雙倍海底電纜神經的朋友，我真的一點辦法也沒有。

* * *

開學了一個多月，忙亂初定。但我們那群閒不住的同學，開始嚷著要趁連假去旅行。

我現在聽到「旅行」這兩個字，就鬧劇烈頭痛，更不要提付諸實行。我不去，唐晨也說他不去。

我們兩個一說不去，同學都驚慌了。我乾扁的看他們，心底湧起絲微不祥。他們一定打算去什麼不該去的地方……所以說，大學生就是白目。

原本是打算置之不理的……開玩笑，光要保住我和唐晨兩條命我就累翻了，哪有辦法管到你們這群自找苦吃的白目青少年。

「妳這口吻像阿媽。」荒厄狐疑的看著我，「我記得妳跟這些小孩同年紀。這副德行是像了誰呢？」

……還不就是拜妳良好的「灌頂教育」嗎?!

「嘖，我是提早告訴妳人心險惡。」荒厄歪著頭看我，「妳自個兒像小老太婆兒沒關係，但唐晨可還是愛玩的孩子呢。」

她說得我一呆。

被荒厄這麼一說，讓我煩惱起來。

我不知道是不是犯了武斷與獨斷的雙重毛病，自己過得如履薄冰，卻也要求唐晨比照辦理……這樣是不對的。

他又看不到什麼，更不用說聽到。和我相處了一年，唯一的例外是荒厄。那條蠢蛟龍就不要提了，巴不得天下人都看到，令人捏把汗的憨直。

唐晨才大二呢，剛滿二十也沒多久。我想到暑假時問他怎麼不跟母獅小姐一起出國遊學，他說，「妳知道的……我不是那麼方便去旅行。」

那時他的臉上，有著淡淡的愴然。

想到睡不著，我趴在往後陽台的窗台，無力的嘆了一聲……回音似的，居然有聲嘆息呼應我。

雖然司空見慣，我還是頭髮全體立正，定睛一看，和正在後陽台賞月的唐晨面面相覷。

「嚇到妳？」唐晨靠在我的窗上，微微的笑。

「大半夜的不睡覺，在那兒嘆什麼嘆？」我沒好氣的回答，「年輕人就是年輕人，不知道嘆氣會把福氣嘆薄麼？」

他笑意更深，「我記得妳還小我幾個月。」

一時語塞，我摸了摸鼻子。「……這麼晚了還不睡？」

他招了招手，我心不甘情不願的出了後門，跟他在後陽台並肩站著，他指著月下一畝畝的水田，點點秧苗猶青嫩綠，阡陌分明，月光蕩漾。

「天光雲影共徘徊。」他靜靜的說。

看了他一眼，像是觸動了我一個開關。現在的人，誰有這種閒工大讀詩論詞，還觸景生情哩？我以為就我這個痴兒。

「……問渠那得清如許，為有源頭活水來。」我低低的應著，「雖然覺得朱熹是腐儒，這首詩寫得還是滿有意趣。」

換他張大眼睛，怔怔的看著我。

現在的年輕人，誰耐煩這些老古董？講出來只招人笑，只好自己關起門來偷偷的讀吧。

「玉錚很受不了我這樣。」他微微的笑，帶著淡淡的感傷，「她說我不如去看幾部熱門的電影電視，或者乾脆玩個網路遊戲，最少跟同學有話題，好為未來的人脈做準備。抱著故紙堆是沒什麼用處的。」

「這世界上沒用的東西多得很，尤其是她臉上的化妝品。」我不高興了，「但因為有這些無用的東西，這世界才顯得比較美麗。你的故紙堆和她那些瓶瓶罐罐是相同的，你若不阻她化妝，她管你蛀不蛀故紙堆？」

他想了一會兒，笑了出來，「這個『蛀』字倒是又生動又有趣。」

我正悔失言，怎麼在他面前嚼起母獅小姐的舌根呢？他這麼天外飛來一筆，反而化解了尷尬，讓我也笑出來。

笑了一會兒，我們靠在欄杆上望著水田，一面漫無邊界的閒聊，他說了幾處讓他印象深刻的月景，後來不知道怎麼聊的，為了「僧敲月下門」還是「僧推月下門」好的舊公案爭了起來。

辯了一會兒，他笑，「幾千年前，人家都定稿了，我們吵什麼？」

「若說定稿就沒得爭，哪來那麼多異想天開的註解眉批？」我也笑了。

「怎沒看到荒厄？」他東張西望，「咱們聊了好一會兒，她卻連個影子也沒有。」

「這幾天她不太舒服。」這又是我心頭一層隱憂。外觀看起來，她病是好了。但這幾天就只想窩著睡覺。問她有什麼不舒服，她也說不上來，只是被吵醒就很暴躁。

但他問起荒厄，又勾起我方才的煩惱。

他那樣愉快的訴說月景時，我像是看到一個活潑愉悅，熱愛旅遊的靈魂。

「……班遊……你真的不去嗎？」我小心翼翼的問。

他呆了一下，不大自然的將臉別開，「……我不是那麼方便去旅行的。我不想……給別人帶來……麻煩。」

安靜了一會兒，他深深吸了幾口氣，「……或者災難。」

我突然，非常非常的，難過起來。

我擔著這層宿命，只能咬牙掙扎求生，但最少我也知道所為何來。但他可是不知道的，只知道災難層出不窮，偶爾還會波及旁人。

「……你很喜歡旅行吧？」我低低的問。

他轉開頭不看我，「……我們別講這個。」

我下定決心了。

「如果我去，你也去嗎？」我歪著頭看著。

他猛回頭，怔怔的盯著我。「我……我不是……」

「方便的，哪有什麼不方便。」一陣鼻酸，我幾乎掉下眼淚。物傷其類，何況我和唐晨。我比誰都知道受困於命，連多行一步都戰戰兢兢的心情。「我同你去，不會有什麼不方便。」

他又高興又難過的神情，讓我的眼淚真的滴下來了。

當然我知道，這很傻氣啦。不過是去旅行，弄得像是刺秦王似的。但出發那天，我真的有「風蕭蕭兮易水寒，壯士一去兮不復還」的悲壯味道。

是說能把班級旅遊弄得這麼視死如歸的也不多了。

＊　＊　＊

我就知道現在的年輕人強烈缺乏求生本能，但缺乏到這種地步，已經不是大腦缺角可以形容了。

我們搭了將近半天的遊覽車才來到那個位於深山的民宿。明明我們學校就在深山峻嶺之巔，刷新最高學府的海拔，為什麼出門旅遊，還要去鑽更荒涼的蠻荒山林，這我就不懂了。

臨行前我因為夏秋交際，天氣不穩定，小病了一場，上車的時候還微微咳嗽，沒什麼心力打聽去哪。等我一路顛著看簡介的時候，臉整個都黑了。

整天都在睡覺的荒厄睜開一隻眼看著簡介，爆出驚人的笑聲。

我知道這個年頭，連民宿都玩新花樣，搞什麼主題，無可厚非。但這個民宿標榜的是重現民初的建築，還有正港阿媽的紅眠床。

哇塞，紅眠床欸……

我現在跳車來不來得及啊?!

「聽說整個屋子都是舊宅拆下來組裝的欸。」荒厄咯咯笑，「說不定大樑排排掛跟掛鹹魚一樣。」

我想，我的臉不黑了，應該褪得連半點血色都沒有。唐晨很關心的看著我，問我要不要暈車藥。

「妳發心臟病了？」小戀很沒神經的問。

無力的望她一眼，聽說這個民宿地點是她大力推薦的。這麼漂亮的女生，卻有這麼恐龍的神經，傳導慢就算了，還遲鈍到沒有絲毫求生本能。

他們滿車熱鬧歡騰，又唱（卡拉ＯＫ）又跳（帶動唱），我只覺得吵得頭都痛了。不過我想他們這麼吵，說不定連鬼都受不了，能因此化險為夷也未可知。

唐晨怕我不舒服，不但讓了窗旁的位置給我，坐在我旁邊端茶倒水，還不斷的指點風景給我看。

可惜我看到的和他看到的有些兩樣。他看到的是「水光瀲灩晴方好，山色空濛雨亦奇」，我看到的是「水光瀲灩」裡頭有載沉載浮的冤魂兒，「山色空濛」的大樹上有鬼守屍。

……算了，他高興就好。這些是尋常光景，沒什麼希罕的。重要的是等等要住的民宿。

捏著一把汗下了車，天色已經向晚，沒神經的同學對著滿天晚霞驚嘆讚美，我只想到日與夜的交會，正是逢魔時刻。

這民宿是個廣大的三合院，據說是從澎湖還是小琉球那邊拆來，然後在這深山裡頭重組建造。不但貴得很，要住上一夜還得三個月前預約。據說小戀和民宿主人是親戚，這才用半價擠出兩天給我們住。

本來擔心得要命，看到大門一排紅燈籠在昏黃的夜色裡搖搖晃晃，我的心就揪緊了。但跨過那個極高的門檻後，我心底就略略安了些。

這三合院的建材有新有舊，舊宅子可能有點問題，但這樣混鬧一番後，反而沒事了。連房間裡的紅眠床都是簇新的——正港阿媽的紅眠床貴翻天，是搶手的古董，哪輪得到我們這種平民睡呢？

坐在床上，我心情好多了，好死不死，我抬頭看了下……然後馬上低下頭。

該死的荒厄。好的不靈壞的靈。萬般都好，這廂房的大樑居然是舊宅子的。要知道樑乃一屋的根本，什麼好事壞事都跟著大樑走。據說古早的時候，還有移樑換厄的儀式。

「誰開冷氣啊？冷死了。」女同學進房就開始叫，拚命撫著胳臂，到處找冷氣開關。

不叫還好，她們這樣嚷嚷叫叫，大樑上掛著的七位小姐，一起笑了起來，交頭接耳。

荒厄抬頭瞪她們，她們也毫不畏懼的望過來。她馬上氣勢枯萎，闔目裝睡。

……這個欺善怕惡的傢伙。

「什麼欺善怕惡？」荒厄的臉羞紅了，「尊重，這是尊重！她們七個是受香火的，被人搬來這兒離鄉背井就夠慘了，我好落井下石嗎？」

重點不是「落井下石」，而是人家受香火妳惹不起對吧?!

保這隻沒用的妖怪到底是……？我深深納悶起來。

雖說我也想不通，應該是跳井的七個小姐為什麼會跑來樑上掛鹹魚，不過那麼古遠的事情了，誰又真的知道實情？

不過她們受香火久了，不免有些傲然矜持，和那些雜鬼不可同日而言。雖說掛在那兒有些嚇人，知道我看得到她們，這些小姐也只是冷冷的瞧我一眼，就不再搭理，讓我一則以喜，一則以憂。

喜的是，她們沒一起圍上來哭訴著要回家，那我可就頭疼了；憂的是，沒惹禍便罷，真惹出什麼來，老大爺離我又遠，她們又不賣點情面，連荒厄都懼怕，我這些天真的同學還不夠七位小姐一頓吃。

包包裡帶著的鹽巴我也不敢拿出來撒，人家是有頭有臉有香火的，是我們在她樑下作客，可不是無因無由的干擾。

百般為難，我把隨身帶著的懷爐拿了出來。

這懷爐呢，說起來是件古董，可以上溯到古早某個太太奶奶的心愛之物。至於由來，又是另一段故事了。當時我還在上國中呢，荒厄和我還不對盤的時候。到我手底時，凶惡得很。

不過現在它是「空」的。古時候在裡頭放點香餅子，拿著薰香取暖。原本的套子早沒有了，我弄了個毛線手機袋裝著。

還是老大爺提點我，「有禮走遍天下，無禮寸步難行。」（當然我很聰明的沒點明祂用了錯別字）點香祝禱，這是為了禮貌。但不是非線香不可。

到底拿著香到處拜挺嚇人的不是？在懷爐裡點個檀香，心底默禱，通常心意到了，異類覺得被尊重，就往往可以相安無事。

所以我點起了懷爐裡的檀香，誠心誠意的默念了一會兒。她們賞不賞臉我不知道，不過的確不再冷得那麼厲害了。

你以為這七位小姐就是主角了？你把我的同學們想簡單了。

早在我認識小戀之後，我就該知道她這少很多根筋的性子絕對是家族遺傳，可惜我太後知後覺。

這個講好聽是古色古香，講坦白就是複合鬼屋的民宿主人，拿「民俗」做招徠客人的招牌，但我做夢也沒想到，有人會拿扶乩當「民俗」節目的一環。

（還是重頭戲）

果然是恐怖的家族遺傳！

我一聽居然挑子時要扶乩，馬上擺手說不去，同時凌厲的對唐晨使眼色。他倒乖覺，馬上說，「我也……」

但這群無良同學一擁而上，又拉又扯，說什麼都要我們倆去壓陣。

「那沒什麼好看的！」我少有的發怒，「我的天哪，你們難道忘記碟仙……」

若說來的人裝神弄鬼，當個娛樂節目就算了。問題是我們住在七小姐的樑下，一個玩兒不好，惹惱她們，誰來頂啊?!

「就是這樣才要你們『神鵰俠侶』來壓陣嘛！」他們大夥兒異口同聲，「聽說很靈驗的，難得一見啊！不要這樣嘛默娘……唐晨你也想看吧？說句話呀……」

「誰是默娘？」我真的發脾氣了，「根本沒有什麼神鵰俠侶，你們不要亂傳好不好？」

「我真的覺得不太好。」唐晨為難起來，「我們出來玩，還是安全為上。」

我真感動他這樣懂事……可惜他是僅有的一個。

最後他們決定民主一下，除了我們兩個反對，全體贊成通過。

被拖拖拉拉著走，我欲哭無淚。我是很想撒潑，但顧及我不幸而悲慘的人際關係，只好身不由己的去了。

唐晨安慰我，「不會有事的。哪有那麼多神通者呢？」

哀怨的看他一眼，我沒說話。有他在，就算是裝神弄鬼，也會變假成真。

「神鵰俠侶欸。」睡得迷迷糊糊的荒厄只有這種時刻才會醒來，「哎唷，蘅芷，別掙扎了，乾脆送做堆啦……」

我在心底惡狠狠的說，「扁毛畜生，妳給我閉嘴！」

她不忿的搧了我一翅，我抓起唐晨的背包把她打飛出去。我保她幹什麼啊?!保來氣身魯命？喵低啦……

扶乩又稱為扶箕、持鸞，也稱降筆。一般是兩個人扶住一種架子，在沙盤上寫出文字或圖案，由案頭（或稱鸞生）加以解釋。

當然也有一個人獨自扶乩的，但比較少。扶乩和起乩是不同的，前者是「筆談」，後者是「附身」。

扶乩的起源很早，在南北朝時就有文字記載了。這其實比較屬於民間的巫覡活動，只是之後被歸併於道教儀式中。

但讓我繃緊頭皮的是，扶乩的起源，是招鬼而不是降神。降神還是很後期的事情。

之所以我會知道得這麼清楚，其實是拜荒厄所賜。在我小到還不知道「扶乩」這兩個字怎麼寫的時候，她成天拚命聒噪，抱怨我既無才也無行，跟我相處一點意思都沒有。

（是說妳要個剛上幼稚園的小鬼有什麼意思，也真的是為難人了……）

「……人家阿蘇多有意思，能詩能文，風雅又有趣。他小妹也不錯，瞧瞧人家，外貌不怎麼樣，跟她交談幾句，就覺得她美得不得了！那個常往來的和尚也很好玩……怎麼這些有趣的人活不過百歲，淨留一些無聊的人……」

從小聽到大，我問過那些人可看得到她，她說那些人沒有慧根，但可以扶乩筆談。

等我長大到開始看閒書，無意間在圖書館翻到一本《東坡集》，像是兜頭淋了盆冷水，我這才知道荒厄口中的「阿蘇」是誰。

「……妳就是子姑神？」我倒抽一口氣。

「當然不是。」荒厄大剌剌的回答，「但既然他們愛這麼叫，就這麼叫吧。」

……扶乩請來的，真的是神明嗎？在南北朝時的「請紫姑」，請的可是冤死的厲鬼哪！

這種宗教活動，應該讓專業人士去隱密舉行才對，我們這些門外漢看什麼熱鬧……我真是欲哭無淚。

等我們到了道壇前，心底倒是一沉。只見一個仙風道骨，鬍鬚飄霜的道長，站在壇前正在誦經。

所謂「真人不露相」，若在壇前的是個普通模樣的道士，我說不定還有三分相信。這位像是從電影裡頭跑出來的「道長」，不知道是哪兒請來的臨時演員，連衣服都比他有道氣……這樣真的可以嗎？

瞌睡兮兮的荒厄睜開一條眼縫，沒好氣的又閉上，「整個都不對了，壇的擺設，方位、儀式……他們到底是想請什麼？請鬼都不想來呢，誰那麼沒格？這是嚴重的侮辱吧……」她打了個呵欠，又開始打盹了。

她這麼說，我反而安心的坐下來。

但我實在不該安心的那麼早。

越接近午夜，我就越想睡覺。畢竟時氣所感，雖然只是小感冒，但我本來身體就弱，痊癒的不太好。都十一、二點了，還逼我在這兒看個臨時演員跳啊跳的，嗚哩嗚啦念些他自己搞不好也不懂的經文，我的眼皮越來越沉重……

突然一陣冰冷的感覺，強烈的灌進大腦裡，讓我猛然驚醒，下意識的將坐旁邊的唐晨一扯。

正巧是這一扯，猛然撞過來的乩架才沒打中他。正扶著乩架兩頭的人像是被蠻牛扯著跑，衝進人群之中，目標看起來是唐晨。

同學驚叫奔逃起來，台上那幾個臨時演員大概也嚇壞了。更可怕的是，沙盤的沙像是浪潮一樣高湧，噴湧而至。

荒厄去擋那個亂撞的乩架，就夠忙了，哪攔得住撲天蓋地的沙浪？硬著頭皮，我將唐晨扯到我身後，正面挨了一下沙浪。

明明是沙，我卻像是被一拳打中，往後跌在唐晨的懷裡，撞得他也倒地了。荒厄棄了乩架，迴飛滅掉沙浪，卻橫空又撲出好幾道，直取被我壓在身下的唐晨。

「……七小姐救命啊～」我忍不住尖叫起來，轉身抱住唐晨，用背又挨了一下重擊。不知道是咬到舌頭，還是撞出內傷，我只覺得嗓眼一陣腥甜，嚐到了血腥味。

再來一次可受不了了。弄個少年內傷，種下一個殘疾病根，怎麼好？我掏出彈弓，還來不及出手就被打掉……

這可是我頭回遇到這麼狡智的！

唐晨這時候不知道發什麼神經，反而翻身把我塞到他背後，大吼著，「走開！」

沙浪居然因此靜滯了幾秒，我爬著要去拿回彈弓，卻發現我動彈不得。

怪了，真的怪了。我喝了老大爺的香灰水，尋常雜鬼連靠近一點都不敢，為什麼……

靜滯的沙浪又分成數道猛襲而來。

只見一道白影閃過，截斷了沙浪。狂暴亂跑的乩架終於停了，那兩個扶乩者嚇得慘無人色，想丟又不敢，顫巍巍的將乩架歸回沙盤。那位道長不愧是見過大場面的，居然還可以胡扯說，降駕的是太子爺，看到這麼多學子喜歡，所以跟我們玩玩。

我怨恨的瞪他一眼，前胸後背都痛得不得了，唐晨扶了我兩次我才爬得起來。咳嗽了一聲，我沾了沾在燈光下細看，果然是血。

少年吐血，命不長了。就算長命，將來也會是個廢人。

我想到紅樓夢裡襲人說過的，心底不禁灰了半截。

同學湧上來七嘴八舌，幫我拍了拍身上的灰塵和沙，問我看到什麼。

「……什麼都沒看到。」我心情很壞的回答，就不搭理任何人了。

他們覺得沒趣，一路走一路聊了起來，興高采烈的。唐晨扶著我，慢慢的在後面走。

這時候就算母獅小姐想把我凌遲千刀，我也避不了嫌了。我連荒厄的重量都覺得沉，不是唐晨扶著，我連站都站不住，還想走哩。

「……又是我。」唐晨說，聲音裡滿是悽楚。

「才不是你。」我不能這時候哭出來，再痛也不能哭。「是這些沒事找事的白痴同學。別再說這種話了。」

他沒說什麼，只是將我的手臂握得緊一些。

同學在我們前面幾步路又笑又叫，津津有味的討論著扶乩的真假，有的人說是真的，有的人說那就跟魔術一樣，是唬人的，然後就爭辯起來。

無知真幸福。可以的話，我也想這麼無知。偏偏沒有這麼好的事情。我只能抱著唐晨的手臂，拿他當拐杖，舉步維艱的。

但在這片青春又生氣蓬勃的聲浪之上，吹來幾句冰冷飄渺的話語。

「大姐！妳也太心軟了！個人福禍自有定數，他們自個兒招禍，我們何必插手？他們僅僅是路過，我們還不知道得在這兒多久呢！那起東西雖屬廢業，但不知道高過我們多少……壞了他們的事，我們拿什麼扛？活人又給我們什麼好處？人鬼殊途……我們不用希罕他們的香火，他們也別想找我們頂缸……」

這幾句話飄進耳底，我遲疑的站住，轉頭。聲音變得輕悄模糊，聽不清楚了。

就頓了這麼幾秒，轉過屋角，同學們都不見了。眼前是黑黝黝的密林，潮溼沉悶的氣味刺鼻。

正要回頭，發現連來時路都找不到。

這些都還不是最糟糕的。

真正淒慘的是，在我左肩打瞌睡的荒厄也不見了。

按捺著跳得太快的心臟，我大喊，「荒厄回來！」我卻只感到她一聲痛呼，然後是流利的髒話。

她被「擋」在外面。

這是荒厄第二次被擋。第一次在鬼屋，擋住她的是城隍爺給的符。但這次……

會是什麼？

我的背沁滿了冷汗。「荒厄！」我急叫。

「別喊啦！」她脾氣甚壞的回答，「撞上去是很痛的！妳找找符在哪啊！」

「……可以的話，我也想找。」我抓緊唐晨，他的臉色蒼白，但反而安慰的拍拍我。

老大爺，你不但沒看過孤星淚，算術同樣不好。一加一等於二，我加上唐晨，只是讓災難加倍，誰能罩誰呢？

完全是靠本能，我拉著他退了一步。就是退了一步，所以金剛杵砸在地上，不是砸在我們倆的腦袋上。

顫巍巍的抬頭，我心底暗暗的喊了聲苦。即使相隔結界裡外，荒厄能夠得知我眼所見，她也倒抽了一口氣。

我看到一個「拼裝金剛」。

這麼說一定沒有人明白。我勉強描述一下好了。我看到一尊極大的「神像」

（大概吧），問題是多頭多手，面對著我的，是個青臉憤怒相的金剛（可能），但同時有好幾種不同的神明腦袋，數不清多少的手臂上都拿著各式各樣的兵器，我發誓有條手臂是虎爪。

這已經進入鋼彈或無敵鐵金剛的境界了。

「……老天。」唐晨目瞪口呆，「我們在做夢嗎？」

「就算是吧。」我早把疼痛嚇忘了，抓著他的手臂，轉身就跑。那個拼裝金剛朝天發出怒聲，乒乒乓乓的追了上來，還不斷的丟擲手上的兵器。

於是我們被什麼托天塔、鐵傘、拂塵，刀槍劍戟，還有幾個巨大的銅錢和元寶扔得滿山亂跑。

不知道是我們跑得夠快，還是唐晨那種「逢凶化吉、遇難呈祥」的天賦發作，抑或是拼裝金剛的拼裝度太高，準頭其差無比……我們居然沒被半個擊中。

但這種情形下，要我去破符讓荒厄來救我們……無異是緣木求魚。

該死這密林無窮無盡，若不是我和唐晨都是本能遠高過理智的人，摔也摔死了，還想跑？

但本能也有不管用的時候。當我們看到微弱的光芒，一股作氣的衝過去……差點煞不住腳，跌到懸崖底下。

不知道是奔跑過劇，還是我嚇軟了腳，我蹲了下來，絕望的看著獰笑著一步步逼近，走路時大地會震動的拼裝金剛。

「你就是要我，對吧？」唐晨迎上前，「饒過她吧，她跟這一切都沒關係！」

「唐晨！」我尖叫的拖住他的胳臂。

他溫柔卻堅決的掰開我的手。眼神溫暖而哀傷。「夠啦，蘅芷。讓這些災難……到此為止吧！」

瞇彎了眼，他笑得純潔坦然，「認識妳，真的是我覺得很棒很棒的事情。」

我想說話，想抓緊他。但我又動彈不得了，只能張著嘴，發出荷荷的氣音。

「別傷害她。」唐晨對著拼裝金剛乞求，「我這就來了。」然後他一步步的走向末路。

我不要眼睜睜的看著他死。

「……我不要看著他死，我不要！」荒厄尖叫起來，狂亂的不斷撞著結界，「他是我的我的我的！我不要我不要我不要！」

她的狂亂感染到我，我的臉孔和腳突然熱辣辣的痛起來。

我突然想起飛翔的感覺，和龍血熱燙的滋味。在被蛟龍「召喚」的夢裡，我和荒厄合而為一。我就是荒厄，荒厄就是我。

「荒厄！」我發出令自己都會戰慄，宛如野獸般的嘶吼，「我屬於妳！」

就像荒厄也屬於我一樣。

她發出一聲響亮如鐘鳴的吟嘯，轟然的擊碎了無形的結界。

懷著極大的憤怒，像是被怒火包圍般，她原本如黑霧的身影，粲然如火的發出紅金色，被龍血噴濺過的地方覆著銀色的鱗片，更為妖美詭麗。

我的怒吼即是她的怒吼，我的憤怒就是她的憤怒。我整個人都空空的，反而像是我附身在荒厄身上，卻被她的暴戾充滿心胸。

我甚至感覺得到她銳利的腳爪拆解那只拼裝金剛時，摧枯拉朽的快意。沉溺在殺氣中，費盡力氣我還撈不出我的理智，若不是唐晨拉著我又喊又叫，拚命搖我，我真不敢想像後果會怎樣。

等我清醒過來，所有的疼痛痠楚都一起湧上來，疲憊得幾乎快要死去的睡意侵襲了我。荒厄眼神呆滯，試著要降落在我的左肩，卻連站都站不穩，倒栽蔥的摔下去。

幸好唐晨手快，接住了她。

我也掌不住了，腳一軟，癱倒在地上，不醒人事了。

＊　＊　＊

後來的事情是唐晨告訴我的。

我們那麼驚險刺激的滿山逃命，等破了結界，發現依舊還在牆角，時間過去不過幾分鐘。他疲憊的背著熟睡的我回女生房間，結果女同學還曖昧的問他，去哪兒跟我滾了一身樹葉回來。

第二天的行程，我完全沒辦法去，倒在床上大睡特睡，直到晚上才醒過來吃飯。據他說，醒過來的我像是刺蝟，殺氣濃重，連看人一眼都會讓人發抖。

我自己是沒感覺，只是覺得心情陰沉了一點而已。

但他偷偷給我看他白天去撿回來的東西，我跳了起來，的確有立馬斃了他的衝動。

那是一大包燒殘的神像。應該是在燒之前還斷手斷頭，才堆在一起燒了。這大概是拼裝金剛的「真身」。

以前流行大家樂的時候，很多賭徒求明牌，簽中了就大戲大棚的請客拜拜，輸慘了就拿神像洩憤。這種神像，被稱為「落難神」。因為沾染了怨氣，很容易被不好的東西棲息，危害特別厲害。

「……你拿這種東西回來作什麼？」我發脾氣了，「昨晚吃的苦頭還不夠嗎?!」

「別生氣，蘅芷。」他有些不安，「會變成這樣，也是凡人不好。我想拿去給世伯看看，有沒有什麼辦法解除這種異象……」

……你知不知道這裡離台南多遠？就算世伯就在下條巷子，我也不可能讓你拿過去。什麼叫做咫尺天涯你懂不懂？能夠平安拿回來等我看就已經叫做老天垂憐了，還想拿到多遠去?!

但是唐晨這個慈心的呆子，他沒出家實在是宗教界的一大損失。他雖然言語和順，性情溫柔，但牛起來真的是八風吹不動。他堅持事出必有因，說什麼也要拿去化解或供奉。

我拗不過他，又不忍心為了這種小事跟他吵架。「……好好好，就依你吧！」我嘆氣，「但東西要擺在我這裡。」

他遲疑了一下。

「好歹我比較會處理這類的事情。」我沒好氣，「你怕我偷偷拿去燒了？你放心，君子一言，快馬一鞭。你既然心慈到沒救藥了，我就捨命陪君子吧！」

「……我不想讓妳受邪祟。」

「我就是邪祟，誰還能邪祟我？」我脫口而出，看他一怔，我趕緊改口，「荒厄在呢，你怕什麼？」

好說歹說，才讓他放下那包殘神。

等他走了，我才輕輕摸了摸自己的臉孔。外觀上是看不出來的，但摸的時候就知道觸感不同。

荒厄臉上的銀白鱗痕明顯，我的則跟肌膚紋路類似，是非常非常細小的。慌不慌張呢？起頭是慌的，後來也就平靜了。

我沒有親密到可以摸臉孔的情人，又沒人看得出來。我原本就打算獨身終生了。而且鱗片光滑，大約冒不出青春痘，還省了看醫生的麻煩，也不算壞。

提著那包殘神進房間，同學們都睡了。至於荒厄，還窩在我的鋪位，睡得極熟。

應該很寂靜的場景，但大樑上的七個小姐卻騷動起來。

抬頭看看那七位小姐，她們倒是迴避我的目光，我也就放到一旁去。找了塊乾淨的浴巾，將那包殘神倒出來。

支離破碎，真是慘不忍睹。當中比較完整的，反而是幾尊土地公。只是有的被挖眼，有的沒了腦袋或手臂。當中還有尊被砍得傷痕累累的神像，像是踩在什麼動物身上。

認了好久，我才從花紋認出來是老虎。這可能是十八羅漢當中的伏虎羅漢吧？昨晚把我們嚇個半死的拼裝金剛，大約就是以這個為本體。

其他的，都混在一起，只有斷臂殘肢，無法分辨了。

人的賭心若起，只認得貪婪，不但六親不認，連神明都不神明了。

大家樂興盛的時代，我連幼稚園都還沒上呢。但荒厄常常講這些有的沒有的，懷著一種惡意的幸災樂禍。像是一種會傳染的精神疾病，瘟疫似的橫掃全島。

我眼前的這堆殘神，就是人類瘋狂後的惡行之一。

當然啦，你可以說這些不過是木雕偶像。但即使是最無神論的人，也不至於在神智清明時，隨便毀壞任何一國的神像。因為這是一種理智無法抵達，從幼年開始薰陶、潛移默化的「畏神」。

這不是愚昧無知的迷信，而是我們打從心底承認並且敬畏某些神聖且神祕的未知。

不遂所求便憤而毀神，這完全是被瘋狂浸潤透了，極度無知的狂悖。

唉，我說不清楚。我畢竟不是什麼學者專家，所學的跟這一點關係也沒有。但我的心情很沉重。

神像的開光儀式，就是神靈和人類的契約。開過光的神像就已經承認是個容器，若是正式有名錄的神明，那就有著垂憐眾生並且傾聽的使命。但若神明因為無禮而離去，被薰陶過的容器就容易被「壞東西」入侵，然後危害更烈。

昨晚荒厄發了一場飆，那些「壞東西」應該跑得無影無蹤。但讓我為難的是，跑也跑不掉的那一些。

七小姐掛在樑上充鹹魚，裝著不在意。但我知道她們正在看我要怎麼處理。

我能處理什麼？我心底真是一把哀苦。我又不是道士，也沒學佛。我會什麼自己都不知道了，還能做什麼呢？

沉重的嘆口氣，我在懷爐裡放了一點檀香，燃了起來，對著那些殘神一揖到地。「各位爺……」我遲疑著不知道怎麼開口，「既然受過香火，卻和魑魅魍魎同流合污，貪謀血肉，這是不對的。」

隱隱約約的，殘神堆冒出幾道白影，襤褸憔悴的幾個老人家，鬍鬚骯髒，猥瑣而疲憊。聽我這樣責備，他們抖著唇，齊齊放聲大哭。「善士責得是，但實在是苦得慌了……善士發發慈悲，且救吾等出生天吧！」

原來，這些老人家原是有職有守的土地公或地基主。十幾年前的全台瘋大家樂，有些孤魂野鬼因為報了明牌，不但香火鼎盛，起大廟做大醮，都用鼻孔看這些正牌神明了。

他們這區的土地公和地基主忍不下這口氣，一時迷了心眼，也給信徒明牌，原本只有木箱大的福德祠，翻蓋起宮廟，信徒暴增，案前無數供品，酬神戲無日無夜搬演，果然大大的爭口氣回來。

但孤魂野鬼不受天律管轄，怎同這些有職的神祇？結果被參了一本，一區兩個土地公六個地基主都被褫奪神通，剝了名錄，還被禁錮在神像裡思過。

被褫奪神通，怎麼有可能報明牌？傾家蕩產的憤怒信徒將所有的神像都偷出來，百般折辱，又棄在荒山，放了把火。

誰知道他們被罰思過，神像燒不盡。這荒山的鬼魅山魑都來攪擾，苦不堪言。這次更是被逼著來奪取唐僧肉，讓荒厄這樣風風火火的一揍，那些鬼鬼怪怪跑得乾乾淨淨，就剩他們這幾個跑不掉的，好死不死又讓唐晨發現，帶到我面前來。

看他們哭得一臉眼淚鼻涕，我心底也難過起來，反而不知道怎麼辦。

若是鬼怪，好好講不聽，我認真考慮要親自押送去給世伯處理了。但這些爺們，是老大爺的同袍，也曾護衛一方鄉民。雖說出明牌不對，但也不至於需要罰到這樣。

最少也記個大過，留職察看，或是減薪或是降級，怎麼一傢伙就判了無期徒刑？

「……妳若憐他們，那就錯了。」掛著樑上的某個小姐冷冷的開口，「被逼？哼哼。他們是熬不住了，想藉唐僧肉直接墮落當妖怪去。現在看事不諧了，推個乾淨……妳還是放把火燒了，省得他們找機會作怪。」

這幾位大爺臉色都變了，「……有妳們這些吊死鬼說話的餘地？雖然落魄至此，也不用怕妳們這起毛丫頭！」說著就要撲上去。

一時之間，劍拔弩張。

「……吵什麼吵！」荒厄張開眼睛，起床氣非常重的吼，「想死就趁現在！哪個不想活的，站過來給我瞧瞧！」

不說大爺們立刻閉嘴瑟縮，連原本不大瞧得起荒厄的七位小姐都隱入黑暗。

她們小小聲的爭辯，我只聽得到幾句零碎。

「……那是自煉的金翅鵬，誤打誤撞的！我們很不用怕她……」、「我的妹妹，少說幾句。妳幾時見過戾鳥自煉金翅鵬的呢？聽姊姊勸，且忍忍，我們讓她一沖，怕就散形了……」

講真話，我不太懂妖怪……我是說鬼魂……呃，我不懂她們異類的術語。我只知道荒厄唬住他們了……倒也好。

仔細想了一會兒，我朝樑上一揖。「七位小姐，我們在您的樑下作客，當然是不好帶來麻煩。這幾位大爺我會帶走，我想沒什麼解不開的冤讎，不過是緊鄰，大家有些摩擦罷了。既然大爺們要搬家了，過去的恩怨，晚輩跟您討個人情，就算了吧！」

看起來年紀最大的那位小姐一臉困惑，「小妹妹，他們不懷好心眼。」

我猜啊，就是這位大小姐插手，我才沒有內出血的。她們會希望我毀了大爺們的金身，就是怕爺們日後報復，一勞永逸。既然我要帶走，應該就沒有後憂了。

但她們卻還是擔心的提點我。

這時候，原本我還有點害怕臉孔發青、眼角流血的小姐們，現在卻覺得她們其實也滿標緻的……女人就是女人。生前花大錢擦脂抹粉，死後有些微修為，都先拿去補在臉上。

這也就造就了聊齋那些漂亮女鬼……咳，我離題太遠。

總之，我很感動。「大小姐，這也不算什麼壞心眼。苦得慌了，難免會想脫離苦海，爺們只是想偏了。既然想脫離苦海，哪有自己造更多孽好永不超生的？不過是一時糊塗……」

「隨便啦，你們到底讓不讓人睡覺？」荒厄把眼睛閉起來，「蘅芷，跟那些死鬼有什麼好說的？妳把那幾個老乞丐送去給糟老頭就對了，糟老頭自然會管轄，要妳瞎操什麼心呢真是……」

……這的確是唯一的辦法。但這個辦法，真的很昂貴。

想到我的荷包又要大出血了，我的心就一陣陣的絞痛。

這場充滿災難的旅遊終於告了一段落。

但我沒先回去休息，而是風塵僕僕的往山上去，唐晨說什麼也要跟來，我已經放棄掙扎了。

數不清第幾次荒厄睡到從我肩膀上栽下來，唐晨很溫柔的將她抱在懷裡，她更睡得心安理得，甚至開始打鼾。

「……別太寵她。」我悶悶的說。

「女孩子就是要疼寵的。」他憐愛的撫了撫荒厄的背。

……她不是什麼他媽的女孩子，她是個老妖怪。她還認識宋朝的才子……你說呢？

但我沒說出口。當然我也是納罕的。荒厄對善意過敏，奇怪的是，唐晨對她好，她不但不過敏，而且舒服得不得了。

我覺得她不但對誓約的解釋異常寬鬆，連過敏原都隨她心意發作，不可謂之不奇怪。

但我心底非常沉重，哪管得到荒厄的過敏原。

走進祠裡，我將一瓶皇家禮炮往供桌一擺，然後把那包殘神往供桌下一塞。

老大爺沒講話，真是山雨欲來。

「……丫頭啊～」祂用花媽的氣勢怒吼，「我聽說妳去旅行，為什麼旅行出這堆老鬼～妳到哪天才學得乖，啊？妳當我是收破爛的……老趙？小王?!怎麼是你們？」

祂的脾氣發到一半，瞪著那幾個憔悴疲憊的爺們發愣。

「……都、都統領？」當中那位姓趙的前任土地公目瞪口呆的看著我們家老大爺，「你沒去小琉球？」

「老兒做錯什麼得流放去小琉球？」老大爺著實發火，「什麼都統領，沒那回事情！倒是你們說說看，怎麼會搞到這樣？我當初是這麼教你們來？為什麼弄到散神了？給我說清楚！」

趙爺支支吾吾的，還是他領下的地基主硬著頭皮照實說了。

「……你們這起欠砍頭的！」老大爺吼的鬍子亂飛，「還想要什麼血食香火？叫你們思過思到哪去了?!我不收，不收！ㄚ頭，把他們給我遠遠的扔了！你們啊你們啊……連我的名頭都敗壞了，還想要我收你們？想得美！滾滾滾，快離了我眼前！」

那群爺們齊齊跪著磕頭求饒，老大爺發脾氣，我連大氣都不敢出，只能打開那瓶花掉我一個月伙食費的皇家禮炮斟酒。

誰知道這個時候，那個心慈的呆子扯著我問，「土地爺為什麼發火呢？他們說什麼？」

我對他擺手，示意他別出聲，但為時已晚。

老大爺臉色一白，「……妳把這個善士也帶來？ㄚ頭，我前世是欠妳多少錢，妳這輩子加倍來討債？妳說啊妳說啊……」

偏偏這時候唐晨還對老大爺拜了拜，「雖然說聽不到您老人家說什麼，但這些爺們是我撿回來的，不關蘅芷的事情。」

這下子，老大爺的臉孔連一絲血色都沒有了。「……ㄚ頭，他瞧得見我？」

硬著頭皮，我顫顫的回答，「老大爺，您這是明知故問了。」

「……死了，我這是死了。讓這善士瞧到身影我是有罪的！這可怎麼辦？怎麼辦怎麼辦……ㄚ頭妳坑死我了！」他罵到最後已經有哭聲，「慢說這些罪神我收不得，在有根基的善士面前現形更罪加一等！他幾時要出家去？念什麼大學呢真是……」

雖然聽得半明不白，但要唐晨出家，我是聽懂了。坦白講，我真討厭這些大人們。動不動就要唐晨出家，像是遠遠的關在宗教裡頭，就天下太平了。

我將臉一沉，「他自己又沒那種意願，出什麼家？就算把命給拚掉了，我也會保住他自由。」吞了口口水，繃著頭皮頂了老大爺，「誰讓我當初在他衣服上留了記號……」

「妳還敢跟我頂嘴！死ㄚ頭！」老大爺破口大罵，「妳怎麼不想想他無來由為何是唐僧肉？好端端的怎麼會是善士？妳若很不懂，去翻翻《西遊記》！這些因果我好對妳說明白？老兒好插手？更不要提妳這促壽倒楣的小丫頭！……」

這下子，不明白也明白了。但我也說不清為什麼，這件事情我就是不讓。「我命由我不由天。」我也發狠了，「頂多是個死罷了。我這樣的人，死了也沒什麼，但唐晨有個三長兩短，或者不依他心意出家，多少人會傷心？老大爺您是最通情達理的，怎麼反而要無辜的人入空門呢？」說著說著，我心一酸，哭了起來。

「……他又不是妳相公，妳拚什麼？」老大爺的語氣很無奈。

「他是我唯一的朋友。」我嗚咽著，唐晨慌著拿手帕給我，一疊聲的問。我只是擺手，接了手帕拭淚。

「是土地爺不能收這些爺們嗎？」他問，「因為這些爺們有罪是嗎？」

在回程我跟他略略提了些。因為我不忍心往世伯那兒一送。世伯那兒排斥妖氣，我都待不住了，何況這些和妖精混過的爺們，送去那兒不啻是酷刑。

「那麼，可以記在我名下嗎？」他說，「總是要有個棲身之地。記在我名下供奉，待我畢業了、獨立生活，就帶回去，可以嗎？」

不說老大爺呆掉了，連這些爺們都張大了嘴，瞪著他。

「……他們原意是、是那個……」我為難了一會兒，「是準備對你不利的。」

「呵，我想也是。」唐晨溫柔的笑了笑，「但相逢即是有緣，拋撇著我良心不安。」

……這個心慈的呆子。

莫名其妙的，事情就解決了。

雖然說，記名在凡人名下供奉罪神是沒有過的事情，還勞動到城隍那兒查法條解釋。因為他是善士（？），這些罪神又是陰神，所以比照「人鬼祭祀」破格處理了。

但我想，能夠這麼順利，老大爺應該出了不少力。祂嘴巴罵得凶狠，心地最是慈軟。不知道挨了多少官腔才成了。

原本地區性的土地公是沒有五營兵馬的，但這些爺來了，又不能不安置。所以算是占五營的缺。

你問我聽不聽得懂……坦白講我不太懂。總之唐晨畢業以後也不用帶回去了，只是初二、十六要犒軍，按時祭拜。

這些爺們倒是挺開心的，他們說，能夠脫離苦海已經太好，更沒想到可以回到老長官的旗下，就算當一輩子的五營兵馬也是情願的。

「老長官？」我疑惑的問。雖然說他們這樣偷偷跑來找我聊天是不對的，但他們悶那麼久，總是需要擺擺龍門陣。

趙爺伸長脖子瞧了瞧老大爺的方向，神神祕祕的低聲說，「開台的時候，老長官是先行部隊，第一個來的土地公。那時候邪祟橫行，一整個慘哪……」

據他們說，初墾的時候，上面的長官不太在意這個蕞爾小島，就派了老大爺來，職銜倒是很唬人的，是為「都統領」。當時祂率領了一隊土地公，和初民同甘共苦，非常劬勞，直到開台有成，上面的長官才準備設置城隍府。

當時他們這些土地公都替老大爺高興，覺得這個城隍位置必定屬老大爺無疑。熱熱鬧鬧的喝了幾天賀酒，沒想到居然空降了個城隍爺。

緊跟著城隍爺的，還有一紙飭令。表面上，是慰勞老大爺辛苦，言語著實讚美了一番，並且真正加封了「都統領福德正神」，享祀宮廟。實際上卻遠遷到偏遠的小琉球去。

「後來人多事忙，又聽說小琉球的都統領上任，我們以為老長官去了。哪知道他心高氣傲，謝絕了這個升遷，自請到這兒管墳山……」這些爺們齊聲嘆息。

……難怪。難怪荒厄說，別的土地公不行，我們家老大爺可以辦事。因為祂原本是都統領，看這些爺們這樣尊敬，想來祂是很得人望的。

我想老大爺也不怎麼希罕升遷，只是功高震主，空降了城隍，怕手下不服，乾脆把祂明昇實降，貶得遠遠的。

沒想到「上面」也這麼政治，偏偏我來這學校，還天天給老大爺添人口（和添麻煩）。

這個月初二，我特別加了一倍供品，但酒就是普通陳高了。可憐我已經靠唐晨和朔吃了一個月的飯，實在沒臉皮這樣吃白食。但我還是竭盡所能的辦了供。

「很不用妳這小丫頭可憐老兒！」祂老人家發脾氣，「若不是你們兩個惹禍精，老兒可過得悠閒的很！」

「是是是。」我唯唯諾諾，低頭上香。

「……妳那個臉孔。」祂忍了忍，還是說了，「還是棄了那隻戾鳥吧。」

「不行的，老大爺。」我低聲回答，「不痛不癢的，隨他去吧！」

祂沉默的喝酒。「妳這樣兒，連香灰水都喝不得，更不要提乩身。」

「不打緊。」我平靜的說，「我們是分不開的。」

祂嘆息，卻意外的沒有罵我。

老大爺真是好人……我是說，好神。祂不是那種大人類主義的神祇，擁有非常寬闊的胸襟。

能夠得祂關心庇佑，我真是非常幸運。至於荒厄的變化和我臉孔上的細鱗……我暫時還不願去想。

班遊算是平安落幕了，但有一點小小的後遺症。

那場精采的扶乩，居然有人用V8拍了下來。好死不死，大小姐入鏡了。一下子風聲鶴唳，還傳到網路上熱鬧了好一陣子。

結果，好心搭救我們的大小姐居然成了「厲鬼」，被誤會成壞人了。

原本擔心大小姐生氣，遣鬼使去道歉。但她實在個性溫和，只是笑笑就過了。

「吾等薄命，想要替人了災原本就會讓人擔驚嚇。」她讓鬼使回話給我，「這不是第一起，也不是最後一起。但凡甘願做就得歡喜受，善士無須掛懷。」

……這樣的人兒，是該有香火的。

但謠言越傳越轟動，弄到別班想班遊都跑來死拖活拉要我跟唐晨同行，這讓我無奈又好笑。

我又不是神經病，還自找罪受？我死活都不肯，他們求到最後，「不去也成，給個平安符吧？」

……我不是道士啊老天……

被煩擾到受不了，荒厄涼涼的說，「我畫一個給妳影印，打發他們不就完了？」

「妳別畫引來壞東西的符！」我狐疑的看著她。

「我誰？我孑姑神欸！」她鼻孔朝天，「這點小事，想難我？」

我半信半疑的拿了她畫的符影印給別班的人，怪的是，居然保了平安，真讓人百思不解。

至於發現是安胎符，大半個學期已經過去了。

老大爺和荒厄齊聲大笑，聲勢浩大。

「老大爺你也不早點提點我！」我羞紅了臉。老天啊，我居然拿安胎符當平安符給別班同學，這個這個……

「求個心安而已。形式就不重要了……」祂擦了擦笑出來的眼淚，「小鳥兒，這個倒妙……安胎符！哈哈哈哈～」

疲勞的嘆了口氣，我矇住了臉。

之二　捕夢網

安頓完爺們，我和唐晨疲憊的回到朔的家，讓我跳起來的是，世伯居然坐在咖啡廳，和朔一起喝咖啡。

我對高人都有種微妙的恐懼感，現在兩個高人坐在一起，更是加倍的恐懼感。

「回來了？」朔淡淡的笑，「我替你們泡茶去。」她起身。

但世伯卻喊住她，「店主。」

朔偏了偏眼睛，「道長，你我各事其道。不嫌我交淺言深，倒勸你一句。趨吉無法避凶，禍福向來相倚。就這樣，望你珍重了。」

「的確各事其道，然讀聖賢書，所學何事？」世伯正氣凜然的回了。

朔不答語，只是笑了笑，轉到櫃台去了。

……高人說話真是高來高去，我若聽得懂，說不定可以去哈佛留學。

「伯伯！」唐晨大為驚駭，「你……你怎麼了？」

我這才注意到世伯臉上手臂都裹著紗布，看起來傷得不輕。我只想到蛟龍去，心底有些難過。

怕是我放了蛟龍，那個魯直的傢伙去找碴，累及世伯。

「……伯伯，是我不好……」我訥訥的說，「是不是那條笨蛟……」

「果然蛟龍經妳手脫困了。」世伯含笑，和藹的示意我們坐下，「他劫數滿了，該還他自由……雖說有些不忿，也只是來找我仙逝多年的師父……沒為難我。」他看了看自己身上的傷，「這倒不是那蛟。我插手了他人因果，這樣的傷還算慶幸了。」

「各家因果各家擔吧！」我突然不高興起來。其實因果也沒那麼可怕，是世人畏懼才擴大了傷害度。真的把因果擱在心底，才會真的有因果。所謂無知者無畏，若什麼都不知道、不在意，不因困頓放棄努力，因果也拿人沒辦法。

世伯不說話，只是瞅著我笑，又看了看唐晨，害我臉孔燒紅起來。但他圓滑的把話岔開，「剛好路過，台南那邊也無事了……所以來看看你們住的地方。」他稱讚，「住到這兒，你們倒是有福氣的。」

朔在櫃台後面噗嗤一聲，緩緩的搖了搖頭。

他和藹的問了問我們的生活，專注的傾聽我們旅行的經過。他不太贊成的搖頭，「小晨，你不該去包攬這個。我記得跟你說過了。」

「是。」唐晨應了一聲，「但就像伯伯說的，讀聖賢書，所學何事。」

世伯失笑，「你越發伶牙利齒了。」似無意的瞥了瞥我肩上的荒厄，她不像之前懼怕，反而瞪了回去。

「妳這病根……越發難治了。」世伯對我說。

我硬著頭皮，「……從來沒想治她。」

他趨前看了看我的臉，冷不防摸了摸，嚇了我一大跳，慌忙撇開臉。他露出一種不忍又難過的神情，讓我覺得我得了絕症。

……真的是癌症末期你也不要擺在臉上。

「這下子，真的不能收妳為徒了。」他遺憾的說。

但他這話卻讓唐晨張大眼睛。「……伯伯，你不是不收徒弟嗎？」

「我也沒有想要拜師。」我趕緊補上這句，「我我我……我沒有那種資質。」

「原本是不可以的，但現在真的不行了。」世伯想了想，「我師門……與妖相剋。」

唐晨可能不明白，但我和荒厄馬上就明白了。其實我們倆都轉著這層疑慮，只是她不言我不語，沒想到讓來訪的世伯說破了。

「還是謝謝伯伯。」我生硬的致意。

他沒說什麼，只是送了我一些小東西，就告辭回去。我拿著一把小小的桃木劍和一個羅盤發愣，摸不著頭緒。

之後讓我啼笑皆非的是，世伯開始長篇大論的寫信給我，收在一起，真的可以當本民俗學大作。他沒教我畫符驅鬼，但是將許多禁忌和道教儀式解釋給我知道，他文筆好，字又漂亮，看得我津津有味。

說是說不能收我為徒，但他卻有實無名開始指導我，雖然我實在吸收得很差。

我真的不算歹命了。老遇到這些好人，叫我想怨命苦都怨不起來。雖然我知道世伯只是愛屋及烏，但我依舊感激。

他這樣苦心，卻引得朔不斷發笑。她淡淡的說，「是個偉男子，可惜是出家人。若我年輕幾歲，說不定倒是設法引他破戒……現下我又沒那種力氣了。」

她說得若無其事，我聽得面紅耳赤。

我可以肯定的是，朔絕對不是守戒的出家人。

她的確是個巫婆。

* * *

世伯走了以後，等我跟荒厄獨處，向來聒噪的她，沉默的讓人害怕。

我先忍不住，「妳別這樣行不行？又不是長了幾片鱗就會變成妖怪。」

原本她的沉默讓人不安，但她暴躁的聒噪卻嚴重損害我的聽力。

「妳也知道會變成妖怪？吭？」她發怒了，「早在妳留記號的時候就該知道會有這麼一天！」

「我不是故意搶妳口裡食，」我悶悶的說，「我說過很多很多次的對不起了。」

「誰跟妳說這個?!」她暴跳起來，「有我這隻戾鳥就夠了需要多妳這隻嗎？現在搞到鱗片也長了什麼時候成妖還不知道呢?!妳怎麼不謹慎一點小心一點，什麼事兒都想橫插一手現在怎麼辦妳說呀～」

她罵了半天，我聽到無聊了，隨便拿了本書開始讀。

沒想到我這舉動嚴重惹惱了她。她跳過來把那本書撕成碎片。

「書是要錢的。」我不高興的說。

「都快變成妖怪了還管什麼錢不錢?!」

「不會變成妖怪的，好不好？」我舉雙手投降，「我很清楚明白自己是個人，是妳的宿主。但凡變成妖怪的，是心底想變才變得了的，絕對不會是我。」摸了摸臉孔，「這個是吃了龍氣，又被妳『傳染』，不會怎麼樣的。你們幹嘛大驚小怪……」

「妳說得倒輕巧！」她暴跳如雷的大罵特罵，但罵著罵著，聲音越來越弱，居然睡著了。

這會不會是什麼毛病呢？我傷腦筋了。現在她睡得多，吃得少。但醒著的時候精神旺盛。

妖怪沒個醫生，我又不能送獸醫院。後來我問老大爺，祂把我轟出來。「妳自己的事情就煩不完，煩到妖怪身上去?!妳先設法把妖氣消化掉吧！」

還是趙爺好心，提點我一點兒。他說荒厄跟魔戰過，之後又吃了初龍的氣刺激，修為大大漲了一截，誤打誤撞自煉成了金翅鵬。但因為根基不穩，所以常常需要靜養休息，要我不要擔心。

我聽得糊裡糊塗的回去，荒厄還窩在床上，她睜開一隻眼睛，沒好氣的說，「問那糟老頭做什麼？沒人罵就皮癢？妳不如待在家裡，我罵妳還方便些！」

「我擔心妳呀！」

她躺不住，爬起來就吐了。

……她對唐晨和我，完全是大小眼。

「拜託妳不要這麼噁心好不好？」她怒聲，「我現在就像飛影使出『邪王炎殺黑龍波』，大絕開完是必需要恢復功力的，妳懂不懂啊？」

「……什麼影什麼波？」我愣住了。

「吼～不要跟我說妳沒看過《幽遊白書》！」荒厄更氣了。

我對道書看得不多，是漏了這本嗎？或許我該寫信問一下世伯……

荒厄氣得差點跳到天花板，「妳一定是從新石器時代穿越過來的吧?!妳當什麼現代的大學生……動漫畫都不看的！妳到底是有什麼毛病……」

動漫畫？坦白說，我還真沒看過幾部。小時候老爸管得嚴，怕我看了那些怪力亂神更愛扯謊，長大後我比較喜歡耐看的古典小說，光買這些就很吃力了，沒錢可以租漫畫，更不要提電視。

之前是室友愛看「我們這一家」，我多多少少會跟著看，其他的問我實在……一概不知。

「妳去哪兒看動漫畫的？」我誠心誠意的問。

「交誼室就有電視！」她氣得發抖，「宿舍裡到處堆著漫畫，妳就不會去拿來看一看？」

「那是別人的書，我不好自己動手……」我爭辯著。

「妳給我滾出去！」她自己在地上打滾，「我造了什麼孽要跟到這麼笨的宿主……」

我趕緊逃出房間，狼狽不堪。

是說我當這個宿主也真的非常沒有尊嚴。

* * *

接下來的日子，倒是意外的平安。

班遊回來，剛好撞上大考，緊接著又是校慶暨運動會。人呢，不能太悠閒，所謂「生於憂患，死於安樂」（是這樣說的嗎？），閒極無聊才會生事，忙到連自己叫啥名都快忘記了，也就不去犯那些有的沒有的。

書中自有顏如玉，可不會出什麼碟仙或鬼魂兒。

在整校鬧翻天的時刻，我和唐晨置身事外，顯得特別悠閒。

大考的時候，靠唐晨幫我劃重點和惡補，勉勉強強過了。至於校慶，跟我們都沒什麼大關係。

我本來就沒參加社團活動，也不會有人叫我上台去表演超能力。唐晨倒是參加了網球社，我只看過他早上和教練打一打，傍晚的社團活動沒見他參加過。

「噗。」他笑出來，含蓄的說，「我參加社團訓練，像是欺負人似的……不去的好。」

之後他這個不參加社團活動的人，卻抱了獎盃回來，我才明白他「欺負人」的意思。

所以說呢，人不可貌相。看他長得斯文就輕敵，就會被他痛宰到痛哭失聲。

那段時間，我們都很早就回家吃飯念書，或者跟著朔做那些小玩意兒。唐晨看我學著有趣，也跟著朔一起，奇怪的是，朔也沒阻他，就笑嘻嘻的教。

我心底是有些犯疑。我做這些小玩意兒，朔都說「有妖氣」不能賣，唐晨這個怪物吸引器難道不會有事嗎……？

那陣子流行捕夢網，我們著實做了不少。

捕夢網又稱織夢網，源於美加原住民和居爾特文化的世代相傳。人們以柔軟的橡樹與柳木枝椏圈出環狀，再用羽毛、葉片、麻繩在上面編織成網，網住創意、夢想、憧憬，讓做夢的人捕捉住夢與理想，並保護人們免於惡夢的侵擾。

一般人習慣掛在床頭，認為這樣會招來好夢。

我做的呢，朔都笑笑的收起來，唐晨做的，她卻標上高價準備賣掉。我有些氣悶。

「不是妳做得不好。」她淡淡的說，「妳的作品能力太強，一般人是禁受不起的。唐晨的作品或許能力一樣的強……但他本能的知道要『網開一面』。」

我本來不懂，後來細看唐晨的作品。他真是個手巧的人，同樣這樣學，他做得就是分外精緻。奇怪的是，他的捕夢網總是會漏了一兩針在最細微的地方。

這就是網開一面？我思忖著。後來我想學著也漏一兩針，但這樣網就不成網，我不得不承認這是一種才能。

但在燈下做些小手工，我和唐晨的感情倒是更好了些。

「每日家情思睡昏昏。」我伸懶腰，瞎念了兩句。

他瞅著我笑，漫唱著，「這些時坐又不安，睡又不穩，我欲待登臨又不快，閒行又悶……每日價情思睡昏昏。」

呵欠打到一半，我張嘴看著他。我倒不知道他有這麼好嗓子，唱起京劇這麼有模有樣！

「……你會唱戲?!」我超驚駭的。

「也略懂一點。」他又想笑又忍住，「我姑姑拜在名家之下，學了幾年戲，小時候跟著她學一陣子……但我媽媽說學戲不像男孩子，就荒廢了。」

……再也沒什麼比這讓我羨慕的了。所謂家學淵博。我像是生活在荒漠的種子，想要一滴名為學問的水，都得靠自己去爭，還得時時受荒厄干擾。但別人卻有數不盡的親戚長輩可以教。

撇開這些傷感，我央求他再唱一段。他有些為難，「我學得是旦角，這幾年變嗓，唱起來不好聽。」

「好聽好聽！」我拚命求他，「真的真的，再唱一段吧！」

被我煩不過，他唱了段《蘇三起解》。「蘇三離了洪桐縣，將身來在大街前。未曾開口心慘淡……過往的君子聽我言……」

什麼叫做唱作俱佳，這就是了。只是幾句戲和幾個手勢，他就將身負冤屈的蘇三唱得栩栩如生、盪氣迴腸。

我忘情的拍了手，他掩著嘴笑。「妳幹嘛呢？小時候的勾當，讓人笑話。」

後來他教我唱個幾句，無奈我學得荒腔走板。但他教我的詩唱，倒還有點模樣。他還跟我解釋有很多種調子可以唱詩，像是宜蘭調等等。

我和唐晨的相處就是這樣兒。同學來找過我們幾次，回去都摸不著頭腦。他們沒看到想看的八卦，聽我們說那些故紙堆的玩意兒，頭都昏了。

我老覺得我生錯時代，我猜唐晨也有同感。不過他多才多藝，現代的東西也一摸就上手，和同學不缺乏話題，但就是沒那股子熱愛。

遇到我這只看古典小說，夾雜一點詩詞歌賦和雜劇的，他真的非常開心吧，我想。

有回我跟唐晨正在爭辯《詩經》〈靜女〉篇的「彤管有煒」的彤管到底是針線盒還是簫笛時，朔忍不住笑了。

「我說你們啊，到底是在閒聊呢？還是在考據上課？」

「閒聊！」我和唐晨異口同聲，然後哈哈大笑，把手裡的捕夢網編完。

她托著腮，對我們笑得非常美麗。

我就知道朔不該笑，她每次那樣笑就合該有事。

平安的日子沒多久，校慶結束後，小汀跑來找我，神情非常的不安。

「默娘，我們的新室友有些怪怪的。」她滿臉苦惱。

我搬出宿舍以後，小汀和其他室友捨不得分開，還是住宿舍。聽說有個別系的同學和她們成了新室友。

我看了她兩眼，含蓄的回答，「我以為跟我住過，就不會覺得任何人怪怪的。」

「哎唷，妳怎麼這麼講？」小汀推了我一下，「妳頂多自言自語罷了，又沒怎樣。」

我訝異的回頭。我忘了，她們這些女孩子神經可比海底電纜。連我這樣的怪人都覺得還好而已，會讓她們覺得怪的……可能沒那麼簡單了。

實在不想管，瞧瞧我多管閒事是怎樣淒慘的下場……但小汀是第一個對我友善的同學。不管她們私自編了多讓人啼笑皆非的劇本，讓我有多尷尬。但我大學生活可以略略脫離淒涼孤寂，是她們那種關愛幼獸的溫柔有了好的開端。

所以說，人與人之間，都有著各式各樣的緣分，有孽緣，當然有善緣。因為她們無心的坦蕩和溫和，所以我願意擔點風險去管上一管。

「是怎樣的怪呢？」我問。

「我說不上來，」她一臉苦悶，「她很怕鬼……妳來瞧瞧好了。我們是沒看到半個鬼，但快被她嚇死了。」

摸不著頭緒，我跟她約定中飯後去看看。雖然是決定管閒事了，但我這樣陰虛的人，還是陽氣最旺的正午比較好。

鬼呢，當然是到處都有，這兒本來是墳山嘛。不過正中午，原居民都在睡午覺，幾個出來晃的也無精打采，跟我胡亂點個頭又晃開了。

老大爺怕出人命，原住民也多半安分，頂多添點不傷大雅的怪談而已。我不知道這有什麼好怕的……又怎樣可以怪到神經線超粗的小汀會驚嚇。

個。

走入她們寢室……我就明白了。不用小汀說，我也知道那位小姐的鋪位是哪

她的鋪位掛著一副密實的蚊帳，蚊帳上面縫滿了符。風一吹，黃紙獵獵作響。荒厄本來在打呵欠，瞧見這種奇觀，精神都來了。她馬上飛進蚊帳裡頭參觀，嘖嘖稱奇。

藉著荒厄的眼睛，蚊帳裡擺得密密麻麻，什麼符袋神像有的沒有的一大堆，枕頭底下還有本白衣神咒和金剛杵。

更讓人啼笑皆非的是，這位小姐不知道哪裡弄來一幅唐卡，就掛在床沿，垂下來剛好遮住桌椅。

我發悶了。

當然到處都鬧鬼，但就是小汀她們房間鬧不起來。她們這幾個真是天生的絕緣體，原居民很早就鎩羽而歸，莫不望風而逃，皆因之前淚撒寢室。

這樣的福地洞天能鬧什麼呢？

「……的確，還滿不尋常的。」我語帶保留的說。

「真的有鬼嗎？」小汀擔心的問。

「沒有。」驚覺回答得太斬釘截鐵，我趕緊補上一句，「我沒瞧見什麼。」

「妳說沒有，那可見是沒有了。」她分外苦惱，「但半夜起床上廁所，瞧見她掛的那些東西……我覺得還比鬼可怕。」

我忍不住笑出來，小汀笑罵的拍了我一下。

就在這個時候，門一響，我終於見到那位怕鬼的小姐。

她姓王，王玉瑛。

雖然說我人際關係極度淒涼悲慘，但連她這個別系的同學，我都聽說過的。據說她修密宗，之前是有點名氣的靈異美少女（？），還上過節目。

人自然是美的，但印堂糾纏著煩悶鬱結的黑氣，讓她看起來非常委靡又暴躁。

瞧了我兩眼，「唷，盜用聖諱的末世邪師。」語氣倒是很不屑的。

所謂同行相忌，我是明白的。但我又不打算吃這碗飯，她也不用這麼有敵意。

我想息事寧人，但小汀向來不甘示弱。

「喂，妳胡說什麼？頭回見面，小芷哪裡惹到妳？要這麼污辱人？」她不依不饒的嚷，不管我怎麼扯她。

「若要人不知，除非己莫為。」王玉瑛回嘴，衝著我來，「妳瞧瞧妳身後跟了多少邪靈惡鬼，有十五個之多呢！若不皈依懺悔，將來後悔莫及，可不要說我見死不救……」

我回頭看看空空盪盪的身後，又看看荒厄湊在她臉前擠眉弄眼做鬼臉還一無所知……

這是精神科大夫的領域，不是我的範圍了。

當然啦，我不是說她一定出現了幻視幻聽，說不定只是一種說謊癖。這種毛病還是看醫生的好……雖說不看也無所謂。打開電視瞧瞧，多少道貌岸然的袞袞大公都睜眼瞎話的大扯其謊面不改色，也不能怪個小女孩侈言怪談。

我舉雙手表示投降，扯著小汀出去。「沒事的。」我安慰她，「嘴裡嚷嚷而已，妳們這兒乾淨的很。」

有妳們這幾個沒神經的，誰敢來鬧事。

小汀略感安慰，又愁眉苦臉起來，「但半夜她不睡覺在那兒念念念，又哭又嚷的，我實在受不了，默娘，妳想個辦法……」

……我能有什麼辦法？硬著頭皮，我胡扯了一下，「妳去網路下載個大悲咒，睡覺前聽聽吧。我記得有好幾種版本，有的還滿好聽的。」

她像是心安了些，又重新有了笑容。

「那有屁用。」荒厄狐疑的看我，「妳怎麼越來越像神棍？」

一時語塞。真的有鬼還好辦，我跟鬼魂兒還說得上話，說不上時還可以動手一番。若是妖怪，打不贏還有荒厄可以靠，荒厄靠不住了，我還可以喊著老大爺救命。

這個……無鬼如何驅鬼？這種莫須有我能怎麼辦？我又不是念醫學院的，特別不是精神科。

「……戴著耳機就聽不到別人哭嚷了，不怕不就好了？」我悶悶的說。

「嗤，掩耳盜鈴。」荒厄這妖怪居然跟我賣弄成語起來，還用得很不得宜。

這件事兒很快就讓我給忘了。既然小汀沒再來找我訴苦，想來是相安無事了。

但我怎麼也沒想到，那位罵我「末世邪師」的小姐，居然跑來朔那兒找我。

看到她，我嚇了一大跳。距離上回看到她，恐怕只有月餘。但她消瘦憔悴，這已經不是紙片人，而是跨入不死軍團的領域了。

「……我不能睡覺。」她眼淚汪汪的朝我一跪，「救救我，大師！救救我！」

我嚇得貼牆而立，朔在櫃台後面掩嘴而笑，也不救我！反而是唐晨棄了課本，過來扶她，「有什麼話，好好說就是了，妳嚇著蘅芷了。」

荒厄笑出眼淚，「哎唷，蘅芷，妳幾時升級了？大師欸~」

沒好氣的將她一搡，去去去，只會幸災樂禍。

「呃，」我顫顫的倒了杯開水給她，「請問找我有什麼事情。」

她淌眼抹淚，拉著我的手不肯放，「他們纏得我好苦……救救我啊……那些鬼那些鬼……」非常的歇斯底里。

我極力安慰她，問她到底看到什麼。她怕成這樣，跟說謊癖可能沒關係。但她說那些鬼怪日夜糾纏，甚至纏到咖啡廳來，我就傻眼了。

朔可能事奉渾沌，信仰大道平衡，萬事不插手。但她居住的地方，什麼鬼鬼怪怪都不敢越雷池一步。就算朔不動手，她家關海法不是吃素的。我就親眼看過關海法把隻魍魎當作老鼠玩個半死才讓他走了。

那隻魍魎自此遠逃，原本門口常出小車禍的怪事也因此終止。

妳說這樣的巫婆家有什麼鬼怪敢跟來也真的是超有膽量……何況我什麼也看不到。

我遲疑的指了指荒厄，「妳瞧得見……什麼嗎？」

她看了一眼，就遮住臉，「好可怕！是個吊死鬼！舌頭還長長的伸出來……」

「喂，妳說誰是吊死鬼啊?!」這可激怒了荒厄，她撲上來就想給玉瑛一頓好打，唐晨看情形不對，趕緊抱住她。她一面掙扎一面大吼大叫，「妳侮辱我？混帳東西！我打得妳媽媽不認得妳是誰～」

我極力說明她沒有半個鬼魂跟隨，但她不相信，還撒潑罵我見死不救，「通靈人是這樣當的嗎？見死不救是要下地獄的！」

坦白說，我突然反感起來。莫名其妙，我有這種倒楣的體質，逃都來不及了，願意插手是我自己神經。再說，我願意把命拚掉，是因為那些人與我有善緣，妳是我的誰？妳有什麼好處到我這兒？給我一句好話兒，曾經善待我？

初見面妳就罵我「末世邪師」，我現在願意聽妳講是我佛心，我又不是聖人，還以德報怨……那何以報德？

神經病。

我沉下臉，實在不想理她，但她撒潑個沒完沒了。

「小姐，妳在這兒鬧，我生意還做不做呢？」朔嘆氣，「妳說不能睡覺是吧？我給妳個東西，妳回去掛床頭。若不靈驗，再來砸我的店也不遲。」

我瞪著朔，反而摸不著頭緒。她向來不願意多事，現在是……？

然後我看見她掏出了一個捕夢網給玉瑛。湊過去一看，我糊塗了。那是唐晨的作品，上頭還標著高價呢。

她不太相信的接過去，又哭嚷了幾聲才走。

直直的盯著朔，她聳了聳肩，「我最不喜歡這等無理取鬧的小孩。」

我突然有種不太好的預感。

但得了那個捕夢網，玉瑛的確不再來吵鬧。我私下偷偷向小汀打聽，她笑嘻嘻的說，玉瑛雖然還是古古怪怪的，不過蚊帳和唐卡撤掉了，晚上睡得很熟，偶爾說說夢話而已。

雖然說，一切似乎完美落幕，但我心底有個說不出來的疙瘩。

過了一個禮拜，我和唐晨一起在學校餐廳吃中飯的時候，小戀硬湊過來一起吃，對著唐晨喋喋不休。我真佩服她這樣「天行健，君子以自強不息」的精神，雖然荒厄在我左耳聒噪，小戀在我右耳聒噪，但還勉強可以忍受。

沒想到玉瑛小姐也來插一腳。

她還是呈現不死軍團狀態，但蒼白的臉孔泛著淡淡的紅暈，還精緻的擦脂抹粉。硬插在我和唐晨中間，瞅著唐晨，咬著唇笑。

唐晨讓她嚇得將椅子挪遠點，「……王同學，有事嗎？」

「你知道我的名字的。」她風情萬種的擰了擰唐晨的手背。

「喂，動手動腳做什麼？」小戀罵起來。

「想對我的唐晨幹什麼？他是我的！」荒厄也火了。

趁著她們拌嘴，唐晨對我丟了個眼色，齊齊落荒而逃。「這是怎麼了？」他心有餘悸。

「……或許她發現你出類拔萃。」我含蓄的回答。

他卻打了個冷顫。

「小戀也這麼著，你又不見得害怕。」我試圖讓氣氛不那麼僵。

「小戀怎麼同？她是傻大姊，對我跟喜歡偶像又沒兩樣。」唐晨悶悶的回答，「妳瞧她這樣聒聒噪噪，其實害羞得很，一點不規矩也沒有過……」他又打了個哆嗦。

其實玉瑛長得比小戀還漂亮。但人正，不一定真好，有時候會讓人覺得死好。

小戀追著唐晨滿學校跑，我的確不覺得怎麼樣。但玉瑛追著唐晨跑，我都替唐晨揑把汗。後來她沒追得那麼緊，是因為母獅小姐來學校一次，我猜她也嚇到了。

但她不甘不願的找上我。

「唐晨有女朋友。」她趾高氣揚的對我說。

「我知道，我還認識他女朋友。」我謹慎的回答。母獅小姐若來學校，必定找我「打招呼」，用那種要吃人的眼光警告我。會被人亂傳飛百合，就是她專注到可怕的眼神。

「就算他女朋友不在這學校，也輪不到妳。」她輕蔑的從腳開始往上打量。

「我沒有要排隊。」我趕緊雙手亂搖，「我們只是滿好的朋友而已。」

她交疊著雙手，滿眼嬌媚。「他很棒對吧？勇猛頑強又溫柔……但他喜歡的還是我。」

……啊？妳在說什麼？

看我一臉呆樣，她咯咯笑，「別裝了。就算他願意讓妳上他的床，也是可憐妳而已。他最愛的，還是我。」

然後她施施然的走了，氣驕志滿的。

……問題真的還滿嚴重的。

這種事情，我又不知道該跟誰討論好。

我跟荒厄說，她氣得暴跳，「我早就知道她滿腦子骯髒，只想著對我們唐晨怎麼樣！我這就去祟殺她……」

「妳給我回來。」我冷冷的說。

她氣得要命，又拔羽毛又吼又叫。幸好我左耳聾了。

「妳有沒有看過這種例子？」我問，「我確定唐晨沒有偷溜去跟她幽會……但她為什麼有這種妄想？還是有什麼我看不到的鬼或魔侵犯她呢？」

「妳管她去死！」荒厄拒絕回答。

我思考了一會兒，好言好語的勸誘她。我們這隻老妖怪，搞不好早忘了要吃唐晨這件事情，而是當個心愛的玩具誰也不准碰了。事情總是要解決的……不然讓唐晨知道，他可是會難堪死的。萬一玉瑛又到處胡說……損害唐晨名譽事小，吹到母獅小姐那兒事大。

哪天母獅小姐發飆，老大爺的零死亡記錄就維持不下去了。

「妳別那麼氣嘛，總是要查個水落石出。不知道哪來不長眼的小妖小鬼，充了我們唐晨的臉皮去拐女孩子，壞他名頭……這口氣妳忍得下去？」

我就說了，我很了解荒厄。她馬上義憤填膺的拍胸脯保證，晚上必定去監視。

但她監視了三天，就無聊的回來。說不要提鬼怪，連蒼蠅蚊子都沒一隻。

「妳不如將她直接送去精神病院。」荒厄不耐煩了。

荒厄都這麼說了，我想真的是病理上的問題，這我真的沒有辦法了。

天氣漸漸冷了，有些閒言閒語也傳到唐晨那兒。他很不開心，「那是完全沒有的事情。」

「……你有做什麼春夢嗎？」我問他，裝得若無其事，但耳朵已經紅了。

他羞怒起來，「從來沒有那種事情！白白擔了虛名兒！」

「伸手來我看看，有沒有春蔥似的指甲。」我拿《紅樓夢》打趣他。

這才讓他笑出來，沒那麼在意。

但終究，還是出了事情。

我跟唐晨正準備回家，小汀慌張的跑來攔住我。

「默娘默娘，妳來看看……玉瑛不知道怎麼了，怎麼叫都叫不醒……」

我愣了一下，「……這該叫救護車吧？」

「救護車還在路上呢！」她嚇哭了，「妳先來瞧瞧，我好害怕……」

我將鑰匙塞給唐晨，「你先回家。」

他不肯，「我等妳一起。」

我也沒時間跟他爭，跟在小汀背後跑了。等我進房，我才知道小汀為何這麼怕。真是科學無法解釋、神祕也無從了解。玉瑛躺在床上，離床大約有一寸飄著。

幾個女孩子擠著發抖，「這一定是、是鬼……」

「不要什麼都推到鬼身上。」我突然生氣了，「什麼不順遂、不理解，都推到鬼身上就好了？人生是那麼簡單的？」

我爬上樓梯，試著搖玉瑛，但她帶著一種恍惚狂喜的笑容，沉睡如死。

她的床位收得非常乾淨，只有床頭懸著一個捕夢網。但這是唐晨做出來的，根本不可能有什麼問題……

我仔細瞧著那個捕夢網，發現一針都沒有漏。

所以說，本能偶爾也會出錯？

「剪刀！找把剪刀給我！」我逼緊嗓子。

小汀遞了把很小的剪刀，我小心翼翼的剪斷一根捕夢網的線。一剪斷，玉瑛突然睜大眼睛，跌在床上，然後發出可怕的尖叫。

「鬼鬼鬼！好多鬼啊～」她抱著頭蜷縮成一團，「不要找我不要找我！不是我害的，不是我害的～我是隨口說說的，怎麼知道妳會當真～」

「妳只是做了惡夢而已！」我對著她吼，「醒醒吧！」

她呆滯的看著我，像是洩了氣的氣球。這個時候救護車到了，將玉瑛扶下來，送去醫院了。

我將那個惹禍的捕夢網塞進口袋裡。

「沒事了嗎？」小汀眼淚汪汪的。

「哎唷，看妳們嚇成這樣。」我故做輕鬆的笑，「沒事啦。玉瑛大概有點超能力，睡著了發功……她不是修密宗嗎？可能是有點走火入魔。我打包票，沒有鬼啦！」

她們這才破涕而笑。

但我急著回去。我要問問朔，為什麼要這麼做。

我將機車騎得飛快，趕回咖啡廳。

跟我一起回來的唐晨只是看了看我，我卻沒有看他。「先什麼都不要問。」我的嗓子還是很緊，「之後我一定什麼都告訴你。」

衝進大門，我將那個捕夢網往櫃台一扔。

「哎呀，妳還是插手了。」朔的語氣很平靜。

「朔！」我吼了起來。

「我說過，我不喜歡那種女孩子。」她淡漠的說。

我滿心有話想講，但說不出口。是，我也討厭玉瑛。但那是一條命，可以不要理她，但不用加諸折磨。

「……妳服事的渾沌讓妳這麼做嗎?!」我完全知道我語氣很衝，但我實在忍不住。

「不是。」朔傲然的挺直背，「但我也有我的脾氣。好好說不願聽，我也只好依她所願，打發她出門。她要的結果，不也得到了嗎？通靈人該給她的拯救，不也如願以償？」

我被堵得說不出話來。朔明明說的是狡辯，我卻無法回嘴。世伯願意兼善天下，但她是巫婆，她獨善其身，來犯者卻睚眥必報。

「……她罪不至此。」我軟弱的回她。

「是嗎？」她冷笑兩聲。「將什麼挫折和不順遂都推到鬼神頭上，虛妄言及根本看不到的鬼神，這還不是罪？好吧，這算小罪。但妳知道言語的力量利於刀刃？妳知我知，吾等巫者都知要謹言慎行。這等狂妄之徒，卻自招災禍，要怪我？」

她異常罕有的發了這頓脾氣，讓我的氣勢一下子衰弱了。我低頭細想，不得不承認她說得有道理，但我還是不贊成她的行為。

窒息般的安靜了一會兒，朔的聲音緩和下來。「禍福無門，為人自招。我給她的捕夢網並沒有附加任何厄咒……只是力量強了點，沒有『網開一面』罷了。是她沉溺於心魔，無可自拔，能怪誰呢？」

「心魔？」我困惑的問。

她不答話，好一會兒才說，「千妖百鬼，雖然凶悍，但和人的因緣異常稀薄，卻人人怕懼。反而千絲萬縷，種在心底的心魔，卻沒人害怕了。」她不肯再說，就關了店門，回房去了。

我好像懂了，又好像不懂。

後來我跟唐晨說了這件事情，但撒了個小謊。說本來應該拿他做的捕夢網，卻誤拿到我的。他怕我心裡難受，還著實安慰了我好一會兒。

第二天我就跟朔和好了。我低頭道歉，她只是笑。「父子家哪有隔夜仇，妳是我最後的學生……雖然不怎麼聽話。但妳保持這個樣子好了，這樣有趣多了。」

我沒說什麼。

玉瑛後來沒再回學校來……她辦了休學，住院靜養了。漸漸的，有人爆她八卦，說她在網路上裝神弄鬼，似乎有詐騙錢財之類的事情。甚至弄到特別想不開的網友輕生了。

八卦嘛，聽聽就算了。但我以後就特別警覺，唐晨做出來的作品，我會檢查一下。若他沒有「網開一面」，我就會特別幫他剪上一刀。

從老大爺的話推想起來，唐晨前世，恐怕是什麼大有來頭的神或佛轉世，神通至今不滅。

但他都轉世了，前生關現在什麼事情呢？除非他有意願，說什麼我也不會推他去空門的。

這樣就好了。他當我快快樂樂的同學，會唱京劇打網球，還能用《紅樓夢》或詩詞歌賦和我鬥鬥嘴，這樣就好了。

唔，因為好奇，我將從玉瑛那兒拿回來的捕夢網掛了一夜。幸好剪了一刀……不然我真不想醒來。

醒來時無比惆悵，淚溼了半個枕頭。

玉瑛做得是美麗的春夢，我做的卻是變成了唐晨。被父母長輩寶愛，學著唱京劇，假日外出踏青打網球。

晚上睡覺，爸爸在我床前念《西遊記》，媽媽端熱牛奶給我喝。

永遠不可能實現的美夢。

後來我把那個捕夢網掛在窗外而不是床頭。隔著窗，可以看到各色的火焰眷戀的圍繞著那個捕夢網。

是鬼火吧？

這算是我的一點供養，既然沒有其他安慰。我想這樣也能減輕一點他們的悽苦。

因為他們的悽苦，我也感同身受。

荒厄用翅膀拍拍我，我將流淚的臉貼在她身上。

然後……她毫無意外的吐了。

我抹了抹臉，悲傷逃逸無蹤。

「……謝謝妳這麼會安慰我。」

之三　神媒

邊咳嗽，我邊摸著牆壁，慢慢的走下來。

自從我臉孔長出鱗片以後，花草茶的效力就減弱很多，至於老大爺的香灰水連碰都碰不得。雖說朔是個高明的醫生，但我心底也雪亮，她高明的方面屬於人類，我現在是個尷尬的半吊子。

為此荒厄很悶，天天吵得要死，還尋了幾種可怕的「藥」要我吞下去。我很感激她的心意，但我真的不敢生吞毒蜘蛛。

最後我求她出門逛逛去，別跟我一起窩在家裡。

「妳不出門巡邏，這山底的妖妖怪怪都抖起來，以為妳病得不能起床呢。」我哄著她，「偶爾也要立個威不是？」

她這才趾高氣揚的飛出去，由近而遠，一片子雞貓子喊叫。

我並沒有什麼大病，只是今年時氣遲，暖到十一月，十二月突然乍暖還寒，氣溫變化的很劇烈。不管我多小心，還是著了涼。又逢幾個外地來的妖怪找我談唐僧肉的分屬，打了幾架，又侵了風邪，就更不可收拾了。

唐晨見我病成這樣，差點取消了和母獅小姐的旅行。今年聖誕節當中還墊了週末周日，請個兩天假就可以和元旦連成一氣。他原本規劃好要跟女朋友去度個假。

遠距離戀愛維持不易，有度假機會好好培養感情，為什麼不去？更不該為了我生病不去。我把他轟出去，「哪裡就病死了呢？去去去，別在家裡煩我，讓我靜養幾天成不？朔會照顧我的！」

「要不，」他跟我拔河，「妳也一起去吧，蘅芷！旅費妳不用擔心……不然我放心不下……」

「我去當哪門子菲立普？」我開罵了，「滾滾滾！忒婆媽了真是……」

難得的，我身邊沒人吵，睡了一會兒，覺得有點餓了，這才摸下來找點東西吃。

朔瞧見我，笑了笑，「穿著睡衣下來就罷了，還換得衣裝整齊。」

「……店裡有客人瞧見，不合適吧？」說話間我又咳了幾聲，吃力的爬上櫃台的高椅上。

「吃些五穀粥可好？」她問。

我點了點頭，看見櫃台上有封信，看起來是世伯的字跡。我伸手要去拿，朔卻快我一步拿了起來。

「這封是我的。」她從櫃台下翻出另一封，「這才是妳的。」

我連咳嗽都忘了，怔怔的抬頭看她。她用種有趣的神情回望我。

等等，等等！世伯寫信給……朔？

「認識的越深，越讓人擱不下呢。」她在櫃台裡頭熱著稀飯，「可惜我老了，只能放過這樣的好男子。」

原本跳到咽喉的心臟，這才緩緩的歸位。

「……不過若自己送上門，那就是卻之不恭了。」

我噴了一櫃台的開水，大咳特咳了幾聲，差點噎死。

她沒生氣，反而笑得很歡。

抖著手，我把櫃台擦了擦。「……朔，妳是開玩笑的吧？世伯是出家人……」

「城牆越厚，破壞起來才越有趣呀。」她將熱騰騰的五穀粥擺在我面前。

……我該怎麼辦呢？舉著調羹，我開始發愣。寫封信提點世伯要當心？但又不知道朔是不是開玩笑的，熱辣辣的寫這樣的信，也太羞了。

不過，朔若是認真的呢？我要說，朔雖然不是什麼美女，但她擁有一種耐人尋味的風韻。她這樣安分守己的在這裡開個冷清的小咖啡廳，追求者可沒斷過。

真讓她看上的男人，我想是跑也跑不掉的。

那世伯的清白怎麼辦啊?!

我不知道是怎麼把五穀粥喝完的，只覺得暈頭轉向。

「蘅芷，妳緊張什麼？」朔撐著臉頰看我，「陰陽調和，才是順應自然的根本。我又不會使什麼手段對付妳那個伯伯……但他要送上門來，我也會高高興興的收下罷了。倒是妳……妳也該找個情人了吧？」

我的心沉了沉。其實我也了解她的意思。禁欲過度，百病叢生。

「我不適合。」爬下高椅，「等我病好了，朔，我再幫妳洗碗。」然後就匆匆逃回房間了。

坐在向晚的房間裡，荒厄還沒有回來。

我看了看世伯的信，卻沒有拆開，擱在床頭，就面著牆躺下。我呢，不像別人想的那麼純潔無邪。在小到連幼稚園都還沒開始上，我就知道什麼是性事了。

荒厄喜歡罪惡的味道，而性事最容易環繞著這種罪惡。我一直到上了國中才學會築起高牆抵擋影像，在那之前，我被迫看了不少。看還不算，我甚至知道了雙方醜惡的心思。

男人瞧不起女人，女人瞧不起男人。男人想著女人是破麻、賤貨，這麼容易就可以上。女人想著用性可以購買愛情、物質。

直到我上了大學，這樣日積月累的和荒厄混雜在一起，偶爾我也可以看到人的心思，尤其是赤裸裸的欲望，因為毫無防備。

有的男生對我的確是有興趣的，但我卻覺得非常污穢。他們想的是「靈異少女」上起來不知道滋味怎麼樣，有沒有被唐晨用爛了。

不是我說，我對絲毫肌膚之親都受不了，沒那麼誇張。唐晨和我也常常會互撞手肘，拍拍對方手臂。我跟同學開開玩笑打個幾下也成。但就算是女生，挽著我的手，我都會起雞皮疙瘩。

這種情形下，我怎麼可能去找任何愛人。就算偶爾會血氣方剛，只要想到那些罪惡和污穢，就徹底熄滅了。

這樣也好。我矇住了自己的臉。這樣荒厄就永遠不會出生。這樣的缺陷……也不算太壞。

正朦朧思睡，我的手機響了。坦白說，我這手機形同虛設，拿來當鬧鐘的時候還比較多。納罕的爬起來接，「喂？」

「蘅芷！妳好些沒有？還發燒嗎？」居然是唐晨那個呆子！

「……你打給我幹什麼？」我整個囧掉了，「你不是和母獅……我是說，和玉錚去旅行嗎？」今天還是聖誕夜欸！

「是呀，玉錚在洗澡……但我放心不下，妳燒退了沒有？」

……這個一點人情世故都不懂的白痴！

「別打給我！老天，你腦袋裝什麼呀？」我罵起來，卻嗆到大咳了幾聲，好不容易緩過氣來，「你腦神經沒接好喔？跟女朋友旅行，打電話給其他女生？」

「妳又不是其他女生。」他的聲音滿受傷的。

我氣得話都講不清楚。「……吼~你是人家的男朋友，好歹也顧及一下女朋友的心情好不好？拜託你把她看成唯一，好嗎？現在是你們的約會時光，所有的人，包括我，通通扔出心房！別連這個都要我教啦大哥！別再打來了！我要關機了……

別再打給我！」

「好啦！」唐晨也大聲了，「妳到底好些沒有？」

「我都好了啦，再見再見！」我趕緊把手機關機。

真是個笨蛋。我又好笑又好氣。難得可以這麼安心的去旅行，還跟美麗的女朋友在一起，關心到我這個微不足道的朋友身上……真是神經。

母獅小姐的氣勢那麼強，沒人會騷擾他，多好。真不懂世伯為什麼不讓唐晨去上清華，有母獅小姐在，他可以更無憂無慮。

望著窗外環繞著各色火焰的捕夢網，本來陰霾而哀傷的心情，卻像是被洗滌過一樣，長長的呼出一口鬱結的氣。

孤獨也是件不錯的事情，坦白說。長年吵吵鬧鬧的，偶爾可以自己一個人……很好。

我打開世伯寫來的信，就著檯燈，津津有味的讀了起來。

第二天我覺得外感比較輕了，只是稍微虛弱了點。

荒厄出去瘋了一夜，精神奕奕，跟我大吹特吹山裡的妖怪非常恭敬地請她參加宴會，奉為上賓。

……妖怪也會開宴會喔？還有這麼齊全的社交生活哩。

「那當然，昨晚是聖誕夜呀。」她說得理所當然，我卻悶笑了。

中國的妖怪跟人家跑什麼聖誕趴……不過他們高興就好了。

既然好了些，我下樓幫朔的忙。正在擦杯子，大門突然粗暴的撞開了。我差點把手底的杯子給摔了……但那是個水晶杯，賠起來很肉痛。

緊緊抓著水晶杯，我愣著看氣勢驚人的母獅小姐。

一定是昨天那通電話壞事了。我是無辜的啊老天……而且唐晨只是不懂人情世故，他沒有其他的意思當然我也沒有……

她撲進櫃台裡，粗暴的搖著我，「唐晨呢？唐晨人在哪？」

咦？我摸不著頭緒了。「……他不是跟妳出門旅行嗎？」

「他沒有回來？」她對著我叫，「不可能的，那他還能跑去哪裡?!」

「妳可以自己搜啊……」我顫著聲音。

等等。她的意思是……唐晨失蹤了？

「他不見了?!」我跳了起來。那麼大的人，怎麼會不見的?!「妳報警沒有啊？為什麼好端端的……」

她美麗的豔容扭曲了一下，「……昨晚我們吵了一架。」

「因為他打電話給我？」我小心翼翼的問。

「他打電話給妳?!」她更猛的搖了我兩下。

……我這叫做不打自招。「他只是問問我感冒好些沒有！妳知道他那個心慈的呆子嘛，不懂人情世故的……」

她瞪著我，像是強忍什麼痛苦似的。「妳老實說，妳跟他有沒有……有沒有……那個。」

我是明白她的意思了，但這叫我怎麼證明？我欲哭無淚的回，「我沒跟任何人……那個。這年頭又不流行守宮砂，我又拿不出證據……」

然後我又被「灌頂」了。她粗暴的衝進我的心底，直接拷問了。我費盡力氣築起高牆，馬上被她的憤怒崩潰掉。荒厄這傢伙在她衝進來的時候早已逃之夭夭，還說什麼金翅鵬啊！

我猜她挖到她想要的答案了，將我一丟，摀著臉哭了起來。

……喂！我才是應該哭的那一個吧?!

從香草園回來的朔看了看我，又看了看母獅小姐，「一大早的，這麼熱鬧？」

母獅小姐像是被燙到似的往後一退，看到關海法更是臉色大變。她勉強定了定神，惡狠狠地把唐晨的行李扔到櫃台上，就要走出去。

「等等！」我爬起來喊，「妳到底報警了沒有?!人是怎麼不見的，妳倒是說呀！」

「我怎麼會知道？妳自己去跟警察說吧！」她頭也不回的，擦著眼淚就傲然出門了。

抱著唐晨的行李，我這才發現情形很嚴重。

老天啊，唐晨失蹤了啦！

我正慌著找電話的時候，朔冷靜地把快被我捏碎的水晶杯拿下來，「慌什麼？傍晚就回來了。」

「真的嗎？」摟著唐晨的行李，我眼淚都快掉下來了。

「呵。」朔輕笑，「我說的話，幾時不成真的？」

我這才稍微寧定了點。但到傍晚還那麼久，我走來走去，心急如焚，最後朔看不下去，把我趕出門，要我去散散心。

我是能散到哪去？荒厄也嚇到了，馬上飛出去找人了，我騎著機車上山，去跟老大爺哭訴了。雖然說規矩上是不可以的，但祂還是偷偷遣了五營去尋。

怪的是，透過這些「管道」，就是覓不著唐晨的下落。

他是唐僧肉，行動就會引起一地妖異的注意。他和母獅小姐一到高雄的地頭，就引起騷動。但他卻無聲無息的消失，不管老大爺怎麼透過「關係」，那地妖異指天誓地，沒人碰到他一根手指。

「他身邊那隻母夜叉那麼凶，誰不要命呢？」那些妖異抱怨著。

熬到天黑了，最後一絲金光也要消散。抱著膝蓋，我坐在老大爺的案前掉眼淚。

「妳幹嘛坐在風地裡哭？明天起床會頭痛呢。」

猛抬頭，唐晨一臉無辜的看著我。

我跳了起來，狠狠地打了他兩下，抱著他哇的一聲大哭起來。

他是怎麼突然冒出來的，連老大爺都愣住了。

唐晨說，他和女朋友吵了一架後，母獅小姐把他推出房門，上了鎖。他無計可施，摸摸口袋裡還有一點零錢，就想去樓下喝點飲料。

他們住宿的地方剛好在西子灣。他拿了一瓶咖啡，就走到欄杆旁，望著波浪冥思。

就在這個時候，他看到一個騎著白馬的斯文長者踱過來。「善士，怎一個人身在險地？」長者很溫和的跟他攀談。

雖說看到有人騎馬就夠怪的了，不過說不定是什麼文化節的活動。

「險不險，是看心了。」唐晨溫和的回了他一句。

他的回答大概讓長者很欣賞，邀他上馬，就把他帶去一棟頗有氣勢的宅院喝茶。

「客居於此，簡慢了。」長者很溫和的請他坐下品茗。聊了一會兒，相談甚歡。

長者說他姓鄭，為了部屬的婚事而來。渡海三次，但井家姥姥不捨女兒遠嫁，正在僵持中，一時不得回府。

唐晨恍惚了一下，「井家的七位小姐不是暫居於台麼？」

長者大喜，「我這七位部屬跟我長遠，未曾須離，人品極好，至今形孤影單，實在不忍。但鄭某以長尊上門求親，怕小姐們覺得唐突，又恐有勢壓之慮。善士身分清貴，不敢勞動，但可否請都統領巫代為一媒？」說著就遞了一封書信給他。

唐晨接了，「但不知都統領巫何人？」

「善士奈何鄭某了。」長者笑著，「都統領巫與善士交好，是為生死摯友，倒問鄭某來了。此事還煩善士周全。」

我像是在聽中國神話故事，張著嘴。「……然後呢？」

「然後我看天也黑了，妳又蹲在風地裡哭。」他撓了撓腦袋，「井家七個小姐是誰啊？都統領巫又是誰？」

我和老大爺面面相覷，一時不知道該怎麼辦。

「……人家王爺都開口了，妳就接了吧。」老大爺語氣很無奈。

「……為媒為妁的要福祿雙全，兒孫滿堂。」我的臉都黑了，「我這命裡沒有姻緣，薄命飄零，連男朋友都沒交過的妖人當什麼媒人啊～」

最終我還是接下了那封書信，看到署名真的心都涼了半截。

「蘅芷，原來妳就是都統領巫啊？」唐晨滿眼驚奇。

我哀怨的看他一眼。我交這個生死摯友做什麼呢？只會拚命找麻煩給我！

真格是欲哭無淚。

接了這個燙手山芋，當晚我就哭著回去寫信給世伯。

世伯回信倒是回得快，他很尷尬的說，他少年出家，俗世的婚嫁禮俗尚不熟，何況牽涉鬼神。倒是囑咐我要好好辦理。

……真是謝謝你的建議喔！我會不知道要好好辦？但怎麼辦？我就很熟婚嫁禮俗？我連男朋友都沒交過，更不要提婚嫁好不好?!

老大爺更是一起頭就擺手要我別問他，「老兒到今天還是孤家寡人，要問妳就問有家室的！」

問了問，他們土地公真的成家的並不多，事實上，正式有名錄的神明成家立業的很少，要不就是成神前就有家庭，要不就是人氣尚濃的「軍師」才比較互有嫁娶。

鄭王爺號稱開台聖主，是為國姓爺，門第高貴，他們家的部屬要娶親，很難找到門當戶對的，這才遠渡到澎湖求娶井府千金。

誰知道婚事談不攏，動腦筋到唐晨和我這倒楣鬼的身上。

「幹嘛這麼麻煩？」荒厄不耐煩了，「那七個吊死鬼又不是有什麼大本事，讓國姓爺點起兵馬，進去搶人就好了，搶回去看他想要煎煮炒炸……」

我趕緊把她的嘴摀起來。「輪不到妳說話，閉嘴！」

指望這些沒人氣的傢伙是無用的。我還是自己跑一趟吧……

雖然不想把唐晨拖下水，但我自己又不會開車。拖了一個禮拜，我乾扁的搭著他租來的車，到那個鬧鬼的民宿。

民宿主人根本不想接待我們，但我心情正壞。「……你是讓我們住上一夜呢？還是讓我上網路揭穿你家鬧鬼的祕密？」

「哪有那種事情？」他變色了。

我實在不想再磨下去了。再說，他這樣胡鬧，已經讓我非常不開心了。

「荒厄。」我沉下臉。

這等嚇人的事情，她最喜歡了，更何況是我准她這麼做的。她在我肩上現形，微偏著臉。

我是不知道民宿主人看到多少啦，但他大叫一聲，跌倒在地。背對著我爬開，不斷磕頭，要我自己去找鑰匙。

慢說你背對著我磕頭這點很好笑，我要說，在鬼鬼怪怪中，荒厄還算是正常美貌的。你家屋裡住的……比荒厄可嚇人幾百倍。這你一點都不怕，還怕挺美貌的荒厄。

「那種俗物才瞧不出我的美貌。」她很跩的用翅膀順了順額髮，「唐晨，你說我漂不漂亮？」

「真沒眼光，荒厄這麼可愛，還嚇成那樣。」唐晨溺愛的順了順她的背。荒厄整個都要化在他身上了，我都替她不好意思。

不理他們，我謹慎的敲了敲，推開房門。

七個小姐還在樑上掛鹹魚，半轉臉孔過來，長髮覆在臉上。幸好我沒心臟病，不然也活活嚇死。

深深吸口氣，我一揖到地，「井府小姐，打擾了。」

「小妹妹有何……」大小姐回答到一半，看到我後面的唐晨，掩面驚呼了一聲。

一時霧氣繚繞，像是放了幾百噸的乾冰。等霧氣散了，這七個小姐穿戴整齊，長髮挽成精緻的髻，還細膩的擦了胭脂水粉，對著唐晨下拜。

「不知善士光臨，有失遠迎，尚祈見諒。」

慌得唐晨也趕緊回禮。我站在一旁發愣。仔細想想，這些小姐並沒有正式和唐晨見過面，就算是在壇前也是匆匆一瞥，可能是沒認出來。

現在認出來了，就如此大禮……

不但荒厄對我大小眼，這些該死的吊死鬼也這樣。我不禁有些傷悲。

氣。

「哪有怎麼辦，大家都喜歡你。你乾脆來當這個什麼媒人好了。」我有點賭

「怎麼辦啊？蘅芷？」唐晨小聲的說。

「大家喜歡我還不如妳喜歡我就夠了。」他脫口而出。

……這個口沒遮攔的傢伙！我明知道他不是那個意思，但我的臉也火燙起來。

「我、我的意思是，」他也羞紅了臉，「生死摯交。」

「我知道啦。」我清了清嗓子，「安靜點，別擾我。」

硬著頭皮，我說了鄭王爺的求婚之意，恭敬的上了乞婚書，還不忘含糊的把唐晨扯進來，像是神媒不只我而已。

大小姐沉吟片刻，謝絕了乞婚書。「吾等命如蒲柳，哪堪如此高第。雖說善士作伐，美意不可卻，但吾等母親尚在，還是需要父母之命，恕妾身們不可從命。」

……阿鬼，妳還是說中文吧。

「原來妳們比較喜歡在這兒掛鹹魚？」荒厄冷冷的說，「我替你們翻譯吧。這

些女鬼想說時代進步了……」

「金翅大人！」大小姐急叫，「您大人大量……何必為難我等？」

荒厄那種喜歡人家捧的個性真是沒救了，讓人捧個幾句，骨頭都輕了。「好好好，不說就不說。鄭王爺家規矩大，嫁過去也沒什麼好的。」

「妳可不可以安靜點啊？金翅大人！」我火了。

最後我們碰了幾個軟釘子，灰頭土臉的回來了。

我請老大爺幫我交遞結果，但鄭王爺不肯放棄，反而直接求了老大爺。

「……ㄚ頭，人家是王爺，老兒只是管區。」老大爺為難起來，「妳還是去澎湖跑一趟吧。」

「我的功課呢？我的旅費呢？」我都要哭了。

「功課我教妳，旅費我也幫妳出了吧。」唐晨過意不去，「是我接了這件事情，也不能置身事外。」

我是想乾脆當縮頭烏龜，裝不知情就過去了。但老大爺就吃不消了，他臉色灰敗的遣鬼使找我去，說王爺連發十二道文書，問我幾時起身。

「……你借我旅費，我自己去吧。」我灰溜溜的跟唐晨說。我欠老大爺欠大了，不還也不行。

「我跟妳去……」

「不好。」雖說把他擱在這兒我不放心，但我可是鍛鍊的世事滄桑了。拖他去找七小姐，聽說讓他跟女朋友又吵了一架，我又好把他拖去澎湖？

「你有那工夫跟著我亂跑，不如去找玉錚解釋解釋，趕緊和好吧。」我勸他，「聽說你們又吵架了？你們不是青梅竹馬一起長大？這樣情分不容易，有什麼好吵的？你是男生，忍讓一下就過去了，女孩子本來就比較拉不下臉……」

「妳想多了，不是因為妳。」唐晨低了低頭，「老調重彈了，吵得是同一回事……蘅芷，我是個有嚴重缺陷的人。」

我困惑的看著他，但他不願意看我，將臉別開。

實在我想不出完美的唐晨有什麼缺陷……頂多就是很不懂人情世故吧。但不管有什麼缺陷，他還是我最好的、唯一的朋友。

「等你想告訴我，再告訴我好了。」我拍拍他的手臂，「不管是什麼缺陷，你還是我的好朋友。」

他短短的笑了一下，「蘅芷，妳是男生就好了。」

我聳了聳肩，「我跟男生也沒差很多……你還是去找玉錚和好吧。有什麼可吵的呢？」

他真的借了我一筆旅費，沒跟著我跑了。

等我去了澎湖，不禁頭上一昏。我還在想這家姓得奇怪，怎麼會姓「井」。沒想到井家姥姥……事實上就是一口古井成精。

明時海盜鬧得非常厲害，不甘受辱的何止七美？上吊的、投井的，比比皆是。這些不幸的少女冤魂，日夜啼哭，讓這個古井精很憐憫，都收到自己之下認了女兒。後來指身為姓，自稱井姥姥，這些小姐們就稱井府千金。

井府姥姥受了多年香火，頗有神通。又寶愛自己的女孩們。跟著大樑去的七小姐讓她日夜懸念，現在有了音訊，當然是高興的。但是我送上乞婚書，她也跟著謝絕了。

「女孩兒大了，又飄洋過海。婚事要她們自己主張……什麼時代了，還講究父母之命媒妁之言呢？」她也推得滿乾淨的。

這趟旅行除了讓我嚴重暈車暈船，回來病了一場，沒有任何收穫。

正在煩惱的時候，荒厄長長的打了個呵欠。「不知道謝媒禮厚不厚……夠厚的話，我幫妳成了這件事情。」

我狐疑的看著她，「……這不是安胎符可以解決的。」

「我又不是只會畫安胎符。」她笑嘻嘻的，「妳呀，只會想用正當途徑完成。很多事情呢，不是正當途徑可以了結的。」

本來不相信她，但是老大爺被王爺逼著，我被老大爺逼著，束手無策，只好咬牙應了。

「妳要怎麼謝我呀？」她嘿嘿的笑。

「250cc我的血！」

她偏頭考慮了一會兒，「加上唐晨250cc的血，我就幫妳完成。」

「喂！」

「那妳繼續被逼得走投無路吧。」她涼涼的說。

除了答應，我還有其他辦法嗎？但我說，要事成才給，她倒是非常爽快的應了下來。

……我這樣作，到底對不對呢？不禁納悶起來。

荒厄這一去就去了十天，老大爺對我嘆氣，我對唐晨嘆氣。這十天真比十年還難熬。

唯一值得安慰的是，唐晨和母獅小姐和好了，母獅小姐還不太好意思的上門賠禮，送了一盒很貴的蛋糕……可惜我不愛吃甜食，轉送給朔了。

我跟唐晨提了要他的血。他很爽快的伸出手腕，連問都不問，對我非常信任。

「你要對人有點戒心。」

「對別人我都是有戒心的。」他笑瞇了眼睛。

……我真不知道用什麼回報這種信賴。

十天後，荒厄疲憊的回來了，但神情愉快。「成了，提親去吧。井姥姥都說女兒主張就好，讓鄭王爺自個兒去擺平，不干咱們的事情了。」

雖然摸不著頭緒，我還是硬著頭皮去提親。上回拒人千里之外的七小姐這次都羞人答答的接了乞婚書。

我還沒怎麼鬧清楚，鄭井兩府就辦起喜事了。

那年冬天，莫名其妙的下了綿亙十來天的法雨。雨氣帶著淡淡的檀香，在冬旱的南部算是罕事。我也請了十幾天的假，晝伏夜出的跟隨，差點累死。

你知道我體質的。而這些呢，都是陰神。這場喜事辦完，我差點命就沒了。還是鄭王爺一陣祥風把我送回來，連連道謝，還親自入祠謝老大爺，驚得滿山鬼魅精靈亂跑，老大爺也快嚇死了。

我回到朔那兒，一直病到寒假開始才能起身，連期末考都沒去考。本來伏枕悲泣，結果唐晨把我的成績單給我，我眼睛都直了。

我不但有期末成績，而且科科高分。我明明沒有去考的。

但聽我這樣講的同學大惑不解。「妳病糊塗了？妳抱病去考呢，每天都看到妳呀。是不是生病反而激發潛能？成績這麼好～教一下吧……」

……這是謝媒禮的一部分嗎？

我還以為那卡車紙錢就是謝媒禮了。總算到最後王爺稍微有點常識了。

那卡車紙錢，還真的是讓全校轟動。據說台南的王爺廟突然起乩，指名要一卡車紙錢送到蓮護大學土地公祠，在地方版的新聞還小小的熱鬧過一陣子。

那卡車紙錢，我全送給了老大爺，做個順水人情。不然你告訴我，這些紙錢我怎麼用？

不過我倒是跟王爺要了一個真正的謝媒禮。麻煩祂若有任何人要找我當媒人，都幫我擋了吧……我福小命薄，挨不住另一樁喜事了。

但我真的很納悶，荒厄是怎麼辦成的。

她得了我和唐晨的血，說要好好消化修煉，幾乎都在睡覺。我問她的時候，她懶洋洋的笑了幾聲。

「哎唷，那年代的女孩子，多多少少都有點英雄主義啦～」就不肯跟我講了。

後來八卦傳來傳去，趙爺跟我講，七小姐那邊的山精水怪去而復來，非常驚擾，正危急的時候，剛好鄭府的七個軍帥巡守經過，解了危難。

英雄美人，當下就互相傾慕。一問之下，才知道是之前提過親事的。不禁又羞又喜。所以我去提親才一提就成，喜氣洋洋的辦喜事。

……我是說啊，這個時間點也太剛好了吧?!那些扮流氓的山精水怪，大概是被荒厄打著罵著，不知道怎麼折騰，才鼻青臉腫的去演了這麼齣強盜戲，好讓那些軍帥有機會當英雄吧?!

「荒厄！」我提著她的耳朵嚷，「這不是訛詐嗎?!」

她睜開一只眼睛，「妳不懂啦，少女心就是這樣子的。等知道訛詐的時候木已成舟了咩……嘿嘿嘿……」她又昏睡了過去。

……我只能祈禱七小姐永遠不會發現這件事情。要揍也揍家裡的老公，最多就來揍荒厄，千萬不要揍我。

「……我再也不要當什麼倒楣的神媒了。」坐在床頭，我哭了起來。

之四　寒假

寒假的第一天，母獅小姐親自南下，把唐晨押回家了。臨行前，母獅小姐皮笑肉不笑的問我，「要不要來我家過年？唐晨家就在對門而已。」

……我這人對鴻門宴沒有太大興趣，更不想送上門給人開腸剖肚。

「我想陪朔過年，謝謝邀請了。」我也堆起滿臉假笑，「預祝新年快樂。」

唐晨笑瞇瞇的跟我揮手，「我再打電話給妳。」

……教不會的白痴。「不用了，」我面不改色的扯謊，「我手機壞了。開學見了。」

趕緊把他們送出門。

靠著大門，我大大的喘了口氣。這個「神媒事件」差點要了我的命，都放寒假了，還覺得虛得很。我是很喜歡跟唐晨為伴，但他離開我視線卻覺得輕鬆不少。

是啦，跟他為友過得很緊張刺激……但我心臟嬌弱，實在挨不太住。

我不知道朔能庇護我多久，但最少這個寒假，我可以輕輕鬆鬆、悠悠閒閒的度過。

朔對我的態度異常放任。我願意幫忙她也好，不幫她也好。我這樣多病虛弱，她也不覺得如何。若覺得該治，就會開藥，若覺得不該治，我就算在她面前咳出肺，她也無動於衷。

但我反而喜歡她這樣的放任。事實上，她是很疼我的。寒假開始沒多久，她請了個大嬸來幫忙，我更沒什麼事情可以作，剛好專心養病，頂多就是去老大爺那兒走走，初二、十六上上供。

這天，我上供回來，冬陽正暖。病雖未完全脫體，但也好了七、八成。騎著機車，我哼著《清平調》，荒厄也跟我出來晒太陽，瞇著眼睛，很享受似的。

我把什麼妖怪啦、鬼魂啦，神或魔都拋諸腦後，一種非常單純的快樂。

走入咖啡廳，我推著門說，「朔，我回來……」然後瞪著朔和……世伯。

「回來啦！」她輕笑著站起來，「我去香草園看看，你們聊。」經過我身邊時，輕聲笑著抱怨，「也不多待點時候……」

妳是想幹嘛啊?!朔妳這邪惡的巫婆！

「身體好些了嗎？」世伯和藹的看我，「事兒辦得不錯……雖說妳這樣的體質真不該插手這些。」

我在他面前坐下，苦笑兩聲。「……唐晨回台北了。」

「我知道。」他眼神寧靜，「我是特意過來看看妳的。」

我是很感激，真的。他一來就先幫我把脈，又開了藥方。口頭問了我幾句，考究「函授」內容。他對我非常關心愛護，但我擔心的程度卻節節高升。

看我這樣坐立難安，他似乎察覺了。「有什麼話說呢？」

張了張嘴，我不知道怎麼開口。還是繃著頭皮問，「伯伯，你是來看我的……還是來看朔的呢？」

世伯疑惑起來，「我自然是來看妳的，為什麼……」他一怔，雖然沒有臉紅，卻一臉尷尬。

「黑月與我各事其道，但互有可以借鏡的地方。只是砥礪切磋，並無他意。」他耐性的對我說明。

但這卻讓我頭皮更發麻。朔剛跟我見面，讓我知道她的真名為「朔」，這是勉強撿個合適的中文字湊上的。情緒深染時，她給我看到的是黑色的月亮，這才是她真正的真名。

我倒不知道她把自己的真名「賞」給世伯。

「……伯伯，你們兩個都是我尊敬的長輩。」我煩惱了一會兒，「我不好說背後話。」

世伯一臉想笑，「……黑月的教派不禁男女之歡，我知道的。但我的師門對這方面向來嚴謹。我知道妳擔心什麼……妳果然是個善良的好孩子。」他摸了摸我的頭。

……除了後媽，還沒人摸過我的頭呢。

「我會在這兒留幾天，明兒我再來。」他起身告辭，「明天再帶我到處看看吧。」

第二天，世伯來了。他要我帶他去校園看看。

原本我牽過機車要載他，他卻自然而然的拿過我的鑰匙，要我上車，然後他就載我往山上去了。

這種感覺還滿妙的……向來只有我載人，還幾乎沒人載過我。這種感覺……怎麼說？就是很安心（雖然有點不好意思），像是在熱死人的暑後，步入大樹涼蔭的感覺。被清風保護，將熔爐似的酷熱擋在外面。

「朔說過，伯伯是個偉男子。」我脫口而出。

世伯輕輕的笑起來，「哦？那蘅芷覺得呢？」

「頂天立地的千年柏木吧。」我說。

他突然緊急煞車，我趕緊抓住他的腰，還是把臉撞在他背上。摀著鼻子，又痛又瘦的，眼淚在眼眶裡打轉。

世伯神情古怪的回頭看我，怔了幾秒，「啊呀，抱歉抱歉，要緊嗎？」他輕輕的在我臉上點了幾下，「……被妳發現我的真名……我有點嚇到。」他瞥了瞥在我肩膀上，一臉挑釁的荒厄。

荒厄自從變成什麼金翅鵬，變得很愛睡覺，但更天不怕地不怕。現在連世伯都不怕了。不怕歸不怕，但她很乖覺的不發一語，只是虎視眈眈的待在我肩上。

他點了那幾下，又痛又瘦的感覺就緩和了。「……我真的不知道，我只是有這種感覺而已。」我很慎重的跟他說。

他問了又問，確定不是任何人告訴我的，甚至不是荒厄。

「……說妳沒有才能，又有很好的感知。」世伯微笑，「掌握一個人的真名，就有傷害那個人的利器了。」

「我也知道朔的真名。」我突然有點不開心，「但我說什麼都不會傷害朔，或者傷害您。我的真名是林間薰風。」

我猜他是嚇到了，微張著口，怔怔的望我。「妳不該隨意告訴別人妳的真名。」

「您和朔都不是別人。」我揉了揉還有點痠的鼻子，「我的真名，她一眼就看出來了，託付真名給您，我不覺得有什麼不對。」

那種被保護、被庇護的感覺又回來了。世伯按著我的頭，「師父替我取的真名是肅柏子。」

這下子，換我嚇壞了。世伯寫信給我，署名通常是堂號「仁德堂居士」。他們這種整天斬妖除魔、料理外道的人，真名需要看守嚴謹。但他這麼信任的，把名字給了一個妖人。

連荒厄都瞪大眼睛，深深畏縮而戰慄。

「伯、伯伯……」我結巴了，「您您您……不該、不應該……那個……」

「我也不覺得託付真名給妳，有什麼不對。」他悠然的發動機車，又載我往學校去了。

得到這麼貴重的禮物，我不知道該怎麼辦。

*　*　*

他要我帶他去學校逛逛，我先帶他去找老大爺。他執禮甚恭，老大爺也很慎重的回應。

其實我不知道有什麼好逛的，我帶他去我常流連的角落，順便修補祭壇。

這麼說應該有人覺得奇怪，有什麼祭壇好修補？但我從朔那兒學來一點的小玩意兒，真正學到的是「感激」。

我們人呢，生活在世界上，一草一木、一花一果，天地萬物，都曾經在物質或心靈滋養過我們。除了說得上話、有知覺的各種眾生，還有那種說不上話，卻默默存在的「自然」。

在某些安靜的角落，我會疊上幾塊石頭，獻上一根草兒或花兒，再不然就是我覺得可愛的小石頭。

並不是說，獻上這種祭壇就可以保什麼平安，哪有那麼好。只是一種「感謝」，感謝萬物願意與我等共存。

這大概是朔教我的東西裡頭，學得最完全的吧？

（不免被人看成怪人就是了……）

伯伯不斷的發笑，「……這地點是黑月跟妳說的？」

我搖頭，「有什麼不對嗎？」

「萬教歸宗……」他笑了一會兒，「妳的確有很敏銳的感知。」他蹲下來在我亂擺的祭壇畫上圈，指點我怎麼擺更好，似無意的跟我閒談「風水石」。

……這是可以教我的嗎？我瞪大眼睛。

但我……真的很高興。就算是愛屋及烏也好，我真的真的很開心。雖然學的東西實在怪怪的，但像是我渴望過的一樣，長輩關心我、教導我。

像是我偷到一段和「爸爸」一起的時光。

「妳……」世伯遲疑了一下，「還是不想除病根嗎？養癰貽患……」

荒厄一整個緊繃起來。

「伯伯，」我低聲說，「請您別再問這個問題。我說什麼也不會除掉我的病根，她是我僅有的……」

荒厄待不住了，馬上刷的一聲逃得遠遠的。

「但我真的想收妳當我的徒兒。」他在石椅上坐下，遲疑了一會兒，我不太好意思的挨著他坐下。

有點怕他會閃開，但世伯卻挨我近一點。

這瞬間，百感交集。「……有時候病得慌、痛得慌，也會想除『病根』。」我承認，「但我一無所有，只剩下她了。伯伯，我真的很感激你……」

我說不出話，噎著了。

跟唐晨這麼好，但他不過是大學時「託管」在我身邊，我既然在他衣服上留了記號，他的災厄也去了大半，將來畢業了，和母獅小姐結婚，就有人照顧了。

我們的緣分，不過就是大學這段期間。

世伯待我好，也是因為唐晨的關係。我和唐晨淡了，他也就沒什麼理由這麼關心我。慢說我不可能割捨荒厄，就算捨了荒厄去當他徒兒，沒了唐晨這層關係……我實在不想親身去驗證……世伯能不能待我如初。

朔是那樣的人。我在也好，不在也好。我也不可能厚著臉皮硬要巴在她身邊，她沒有我還快樂自在多了。

《金剛經》說：「一切有為法，如夢幻泡影，如露亦如電，當作如是觀。」

世界上的緣分都跟隨這個法則，而我唯一能夠例外的，只有荒厄這個病根。

我理智上完全明白，但情感上卻哀號不已。摀著嘴，拚命的強忍，但世伯溫柔的按著我的頭時，我還是哭了出來。

「可憐的、可憐的孩子啊……」他喃喃的說。

這讓我一發不可收拾，乾脆號啕大哭了。

那天世伯送我回家的時候，我只剩下眼睛有點紅，已經冷靜下來。我結結巴巴的道歉，他擺了擺手。「跟我這麼客氣做什麼？我連真名都給妳了。」

委靡的上樓，荒厄轉頭看我。我沒說什麼，窩在床上，抱著自己膝蓋。

「……妳乾脆跟我一起當妖怪吧！」她突然開口，「當人有什麼好的？七情六欲，多苦多折磨。雖然說我討厭多隻戾鳥跟我分地盤啦……但如果是妳，我勉強可以忍耐。」

我被她嚇了一跳，瞪了她一會兒，破涕而笑。乖乖，這是荒厄最大限度的溫柔了。但我之前的疑惑，也因此解開了。

「……荒厄，其實妳不用等我生下來了吧？」

她的臉孔變得煞白，又轉通紅，撲上來用翅膀一陣亂搧，「妳鬼扯個屁！誰說的？是不是那個該死的牛鼻子？沒那種事情！別人亂說妳就亂聽！妳想甩掉我？門都沒有！」

「妳作死啊？搧了我一頭灰！」我想搡開她，她卻不依不饒的又嚷又叫。

整晚她聒噪個沒完，拚命強調她不能獨立，要我趕緊去把唐晨拐上床，結婚才會想殺他。

我只是笑，不想回她。

荒厄誤打誤撞，煉出什麼金翅鵬……應該是可以獨立了吧？根本不用我這沒用的宿主。

但她不讓我知道。

是啦，我的人生宛如真名一般，林間薰風，飄萍無根。但在風之上，有隻黑霧構成、翅緣滲金的厄鳥，隨風飛翔。

我這樣的人生，還是很有意思的。

第三天，世伯來找我的時候，荒厄一反常態，鬥氣快衝破天靈蓋了。

她對著世伯大吼大叫，「死牛鼻子，別妖言惑眾的胡扯八道！看我們蘅芷耳根子軟就對她說些有的沒有的……再胡說我就不客氣了！喂，別以為裝聾子就沒事了，說話啊！」

……我耳朵都聾一隻了，還能耳根子軟？說得這樣氣勢磅礡，妳幹嘛抖個沒完？

世伯第一次正視她，似笑非笑的，「哦？我跟蘅芷說了什麼？」

我看情形不對，趕緊哄著她，「沒事沒事，就跟妳講沒事了……對了，不知道是不是有山怪跑去學校了，弄壞了我幾處祭壇呢。」

「什麼？有妖怪敢在我的地盤胡來？」她馬上被轉移焦點，「有沒有把我放在眼底啊混帳東西！」

一陣風似的颳出去，我聳聳肩，世伯笑出來。

「跟我所知的戾鳥確有差距。」他含蓄的說。

朔噗嗤一聲，「人味兒這麼濃的戾鳥的確不多見兒。」她端過來一壺花草茶，「你們爺倆嚐嚐。今天中午我想吃頓素食，你們也留著一起吃吧。成天外面跑，蘅芷的身體不太紮實。」她對我眨了眨眼。

苦笑了幾聲。昨兒我回來，跟荒厄正在打架，看到世伯站在門外，朔倚著門，跟他說了很久的話，世伯才告辭。

我在想世伯的城牆可以抵擋多久。

朔施施然的走了出去，世伯瞧著她的身影，「黑月是個博學睿智的女子。你們住在她這兒，真的很幸運。」

「……也是個很迷人的女人。」我悶悶的端起茶杯。

「是呀！」世伯很大方的承認。

無言以對，只能低頭喝茶。

他看了我一眼，擦了擦鼻子。「頭回見面，我並不知道妳這樣犀利。當時我只覺得妳妖氣濃厚，小晨和妳這樣的人實在不該太接近。」

「我想也是。」我溫馴的點點頭。

「但第一印象總是不準的。」世伯溫和的說，「小晨剛出生的時候，我也非常不喜歡他。」

我張大了眼睛。

世伯和唐晨的爸媽、玉錚的爸媽，都是大學同學，交情非常的好。他很早就有奇遇，二十歲滿就出家了，但還是繼續求學。而玉錚的爸爸出身於一個奇特的世家，只有唐晨爸媽是普通人。

畢業以後，各分東西。但陰錯陽差的，各自婚嫁後，唐晨爸媽和玉錚爸媽在同家企業工作，買房子也買在對門。世伯也常去他們兩家作客，感情一如大學時代，非常親熱。

「玉錚和唐晨生日只差一天，玉錚還早一點。」世伯說，「他們世家可以上溯到禹王，至今猶然姓夏。雖然家學凋零，但卻是早於道教發展甚遠的古老家族。夏濤的天賦只有一點，就已經很驚人了，沒想到他生下的女兒這麼厲害……當時我還太年輕了，只喜夏家後繼有人，取了一個更除妖驅邪的名字……」

他輕輕的搖了搖頭，「玉錚個性太強。雖然我早封了天眼，但還是沒辦法完全封閉。幸好黑月動了手，不然將來必有血光……這先不提了。」

……別提的好，光我聽她的這一點就已經毛骨悚然。我跟她交手幾次能全身而退，真是洪福齊天。

「小晨出生的時候，滿室生香，他爸媽高興得不得了……我可不那麼認為。他命格清奇過甚，妨父剋母，六親滅絕。不是貶神，必是天魔。當時我想過要不要斬草除根……」

我手心捏了把汗，失聲叫出來，「可他什麼都不知道呀！」

世伯輕笑一聲，「可不是？他什麼都不知道。殺害幼嬰也不是我該作的事情……但至交家裡擱個禍害，我放心不下。他的名字也是我起的，當初只是想鎮壓邪祟而已。」

但每年探望，看著唐晨一年年擔著災禍長大，心性卻這樣純良美好。他這個出家人，被感動得很厲害，不禁偏憐起這個無辜的孩子。這才事事干涉，想辦法讓他平安長大。

「他才上幼稚園的時候，有回抱著一團血肉模糊的東西，哭著回家。玉錚回來就告狀，說小晨撿了一個髒東西，很噁心。小晨說，小狗被車撞死很可憐，他雖然害怕，還是希望把它埋好，想回來找鏟子。」

世伯苦笑起來。「……這不是第一次，當然也不會是最後一次。但妳拿這樣的孩子有什麼辦法呢？除了想盡辦法讓他好好活下去，還能有什麼辦法呢？」

……是呀，這就是我認識的唐晨。我笑著擦了擦眼角的淚。很呆啦，心慈的呆子。

但你能拿他怎麼辦？

「伯伯，你怎麼不讓他去上清華呢？」我頓了頓，「在我們學校，真的委屈了他。若是去清華，母獅……我是說玉錚會好好照顧他。」

「我從來不贊成他們交往。」世伯搖頭，「但玉錚個性太強，我也沒有力阻就是了……要不要入空門，還是看小晨。但不入世侈談出世，我向來不贊成。他去清華，可能連第一個學期都熬不過……」

聽得似懂非懂，但「入空門」讓我扎了心。「唐晨根本不用入什麼空門。」我有點賭氣，「他比入空門那些人境界高多了，要入什麼空門？」

世伯呆了呆，「……妳的確很犀利。」

啊？我這可摸不著頭緒了。

第四天，世伯來跟我告別。

「雖說想多待幾天，台南那兒也看似無事……但我走得久了，不免蠢蠢欲動。」他淡淡的遞了張符給我，荒厄尖叫一聲跑得無影無蹤。

我驚愕的看看荒厄逃跑的方向，又看看世伯。

他忍著笑，「病根安分就罷了，不安分，拿這個治她。」

我倒是笑出來。「台南有什麼要您這樣鎮壓呢？」我隨口問。

「無非是妖魔鬼怪。」他沒正面回答我，「放心，我壓得住。只是不能離開太久。」

我猜啊，我全身寒毛都豎立起來了。旁的人去玩應該沒事，我或唐晨絕對少去為妙。世伯這麼厲害，還得在那兒日日鎮壓……我們倆是去送死嗎?!

「別擔心，有我呢。」世伯像是看穿了我的想法，「偶爾來玩玩沒事。」

……我才不想「偶爾」去被「玩玩」！

「給妳的桃木劍、羅盤，至少要一樣帶在身邊。」他囑咐，「若有人為難妳，妳就拿出來，說妳是靈寶派仁德堂虛柏居士的弟子，讓他有話對我講。」

我張著嘴，好一會兒找不到聲音。「……不、不好吧！伯伯，我、我我我……我不能……而且你也沒有……」連朔都驚愕了。

我知道他很疼愛唐晨，但不用做到這種地步。

「管他的。」他輕輕的笑，「尋常小妖小怪、不入流的驅魔者，妳的病根都打發得了。若在此，地祇庇護，也不成大事。但妳總不會永遠在此，若遇到我的師門，就棘手了。我師父收了四個徒弟，其他三位師兄師姐都有收徒。讓他們有話都來找我講吧！」

「肅柏，你插手太甚。」朔不贊成的搖頭。

「我的性子就是這樣，沒辦法啊，黑月。」世伯坦然的笑笑。

愣了很久很久，渾渾噩噩的跟他說再見，站在門口好半天，早就看不到世伯的身影了。

「討厭呢，沒送人家半樣禮物，倒是送了妳件大禮。」朔自言自語。

我呆呆的抬頭看朔。

「很珍貴的，名為『慈愛』的大禮唷。」她瞇了一隻眼睛，「說不定比唐晨更疼妳呢。倒也好。」她神祕的笑起來。

「……朔，別欺負世伯啦，人家是出家人。」我討饒了。

「嘖，誰欺負誰還不知道呢。」她心情甚好的哼著歌，又去擺弄她的瓶瓶罐罐了。

我昏昏的拿著符上樓，荒厄還在那兒罵罵號。我找了本書夾起來，塞到衣櫃的抽屜裡，關起來。

「死牛鼻子、臭牛鼻子！活該他一世無妻！」荒厄拚命罵，「居然給妳那種東西降伏我……」

「我不會拿來對付妳啦！」

「我就知道妳早就想……啊？」她愣住了。

我捧著胸口，用最誇張最真誠的表情對她說，「妳是我的唯一，我怎麼捨得……」

「嘔～」荒厄邊吐邊逃，「妳還是拿那符出來吧～我寧可被符降伏……媽啊～」

在她背後大笑特笑，不知道為什麼，我開始哭了。哎唷，真討厭。都這麼大了，才變成愛哭包。

但我……我一直覺得不可能實現的願望，卻用另一種方式，一點一滴的實現了。除了哭，還真不知道怎麼表示。

不過我一直以為「喜極而泣」只是句成語，沒想到有實踐的一天。

* * *

世伯來訪的這個寒假，成了我最快樂的寒假。

現在回信給世伯的時候我都很開心，雖然越寫越長，寫得手瘦。他是老派人，寫信還用漂亮的楷體，而且還是毛筆寫。要我用毛筆真的殺了我比較快，原子筆寫就已經快累死了。

這個寒假無風無雨、順順當當的過去了。但要開學了，唐晨居然沒有回來。我有些奇怪，雖說怕被母獅小姐大卸八塊，還是試圖打手機給他。

但他的手機關機。

我開始有點害怕了。

忐忑不安了幾天，直到開學前一日，風雨交加的夜晚，我聽到有人在外面敲著咖啡廳的門。

不會是唐晨吧？他有鑰匙，為什麼要敲門？

「唐晨回來了！」荒厄說，但表情有點害怕，「但他好像……缺了什麼東西。」

我推被而起，衝到樓下去，看到朔也下樓了。我抖著手打開門，果然是唐晨。緊張的檢查，但他四肢俱在，沒看到他缺什麼。

他微微笑著，「蘅芷，我回來了。」突然倒下，沉得我幾乎抱不住。

全身滾著高燒。或許是靠得這麼近又沒防備，我感覺到他「心裡」像是灌了膿。

「唐晨？唐晨！」我慌得不知道如何是好，只是拚命搖著他。

「慌什麼，總是會痊癒的。」朔鎮靜的過來扶他，「不管是什麼疾病，都會痊癒。妳也早點體會這件事情吧。」

我聽不懂她說什麼，尤其是這種時候。

我只擔心唐晨那種發著高燒的膿是怎麼回事。

之五　離緣

不知道是朔的藥還是點的香起作用了，第二天唐晨的燒就退了。

昨晚的狂風暴雨像是假的，天色清朗明亮，是個可喜的初春早晨。即使如此，我還是希望唐晨能夠好好休息幾天，但他不肯，甚至堅持要載我。

荒厄待在我肩膀上，卻縮得遠遠的，她不像以前一樣撲到唐晨懷裡，反而像是離越遠越好。

除了滾著微燒，唐晨幾乎沒什麼兩樣。「咦？怎麼沒看到荒厄？」他轉過頭來問我。

……荒厄就離他鼻子沒幾吋，他看不到？

荒厄拚命擺手，我支吾了一會兒，「她最近很愛玩，又不知道跑哪去了。」

「是唷。」唐晨輕笑，「我還滿想她的。」

不要說荒厄待不住，連我都有點不舒服。他「心底」有種發著怪味的「膿」。並不是惡臭，但比惡臭還糟糕。

到了學校，我頭昏眼花的去了洗手間，才想到像是馥郁的檀香。

表面上，唐晨一切如常，或許有些消瘦憔悴，但感冒的人誰不這樣？這不是最糟的。以前會貪戀他生氣的異類，現在跑個乾乾淨淨，連荒厄都跑了。

以前他小災小難層出不窮，現在是一件都沒有。隨著時日，越演越烈，他經過任何地方，都會引起原居民的恐慌，紛紛逃奔。但他們驚慌過甚，就會引起一些靈異現象，原本比較平安的學校又一片雞飛狗跳，已經有學生求助精神科了。

為此校長把我找去好幾次，但我也沒什麼辦法。

荒厄對我慘叫，要我離唐晨遠一點，「現在不要說吃了，別讓他吃了就已經上上大吉！離遠點吧我的姑娘……」然後就跑了。

我當然也很不舒服。但唐晨……可是我最好的朋友啊。雖然讓他拍一拍手臂，我就發紅起水泡……但他還是我的朋友。即使他沒說，我也大約猜到是什麼事情了。

回來快兩個禮拜，他一個字也沒提到玉錚，連房間裡的照片都收起來了。我被逼得世事滄桑，還需要問嗎？現在他不過是傷心了點……

但有個閃得慢些的魑魅讓他靠到，嗤得一聲化成一股煙……我還是有些毛骨悚然。

老大爺無奈的對我說，「ㄚ頭，妳離他遠點。」

「……老大爺，不行的。」我低低的說，「倒是您幫著想個主意……」

「我能想什麼主意啊？ㄚ頭？」老大爺的臉垮下來了，「善士的段數比老兒高過不知道多少……現在他『醒』了，又沒人點化……是說夠資格點化他的人世間沒幾個。他不知道怎麼收斂神威，妳這樣妖氣纏身的小姑娘，早晚被他劾死。妳還是……」

我堅決的搖搖頭。「各安天命吧！」

或許老大爺的看法很正確，但我不覺得那就是我的正確。我啊，這樣形同孤兒似的長大，變得無法完全聽話了。我是這樣的主觀、自作主張。

輕輕敲了敲自己的頭。我真是拿自己沒辦法。

唐晨在車棚等我，正在看著夕陽。慢吞吞的踱過去，瞅著他。「唐晨，話悶在心底，反而難過。」

好一會兒，他沒說話。我正想放棄的時候，他說，「玉錚和我分手了。」然後就沒再說話。

但這比他又哭又嚷還讓我難過很多。我覺得他心底那股發熱的「膿」又大了一圈。我輕輕的把手放在他的手背上，雖然我知道明天就會起水泡。

唉，管他的。

他輕笑一聲，和以前沒什麼兩樣。「沒事的，這樣也好。都吵這麼多年了……也好。」他反而拍了拍我，發動了車子。

才不是沒事，事情反而大了。

本來應該明天才會起水泡，現在馬上起了，密密麻麻的像是蕁麻疹。

後來他問的時候，我的確回答他是蕁麻疹。但真的不能這樣下去了。

咬著筆桿，我絞盡腦汁寫了封信給世伯，世伯為難的回信給我，說男女情愛對他宛如前塵往事，實在沒什麼可以建議的，倒是寄了一包草藥給我洗澡，含蓄的要我增加抵抗力，免得唐晨「危害」到我。

是啦，洗了那包草藥以後，唐晨不會讓我起水泡了……但問題還是沒有解決呀！

我問朔，她泰然自若的說，「我早就開藥了。」

……什麼藥？

「時間呀！」她低頭調著香油，「這是所有傷痛最好的藥方。」

……妳這有開跟沒開有什麼兩樣？

高人們都沒辦法給我什麼良方，我自己又沒戀愛過，真是束手無策。

但學校的騷動越演越烈，氣氛越來越緊張。原居民越來越歇斯底里，連最沒靈感的學生都指天誓地，天花板和地板都有大群人馬跑馬拉松。還有被嚇到的女生跳樓逃生，幸好是二樓，只扭傷腳踝而已。

老大爺氣歪了，祂不能對唐晨發脾氣，卻可以對我發脾氣。

「丫頭！想想辦法！讓他像蠻牛似的在校園亂撞，我的零自殺記錄怎麼辦?!」

你要我想辦法？我找誰想辦法去？欲哭無淚，我想了個最好笑的辦法——送唐晨一個鈴鐺。

「……這是我們友情的表示。」我硬著頭皮鬼扯，「我也有一個，你可別拿下來。」

許久不曾真正笑過的唐晨，這下子可真的笑了。「蘅芷，妳幹嘛突然返老還童？」

我羞得臉都抬不起來。

不過拜那個鈴鐺所賜，原居民遠遠的聽到鈴響就可以先行走避，總算稍微平息了這種騷動。

但學校的氣氛變得很糟。充滿一種緊繃的低氣壓。原居民首當其衝，連活人都受到影響。當然我知道唐晨表面上若無其事，但他內心的創傷實在很深。

我也是這個時候才知道，他有多愛玉錚。

想想也是。青梅竹馬一起長大，耳鬢廝磨。在他口中的玉錚，完全不是我知道的那位母獅小姐。而是個多才多藝，充滿正義感又溫柔體貼的女孩。一顰一笑，都深深的銘刻在他心底。

他不是很把情感放在嘴裡的人，提到的都是很平常的小事。但我不知道他會在心底種得這麼深，以至於連根拔起的時候，傷口處會湧出「膿」。

這種事情，我真的無能為力。

但事情演變到我不能說「無能為力」了。

因為我那麼白痴的在唐晨的衣服上留下印記，外地的妖怪自認能力夠的，都會跑來找我談判。

通常都是動過一次手就摸摸鼻子回去，不再來犯。唯一的後遺症是我嚴重失血的荷包。這種事情我是不太要荒厄插手的，怕落人口實，不過她都會到場壓陣。

但有些外地的妖怪好像打上癮了，打來打去打出交情。每次都藉故來動動手，小打一場，就約著去夜市吃吃喝喝，還都是他們付帳。

雖然老讓我睡眠不足，但這些妖怪還滿有趣的。當中有戶山貓最愛來這套，全家大小都來了，活像來郊遊似的。

但有天清晨，昨晚才一起吃過宵夜的山貓娘子，連朔和關海法都不怕了，上來拍門，說要跟我拚個你死我活。

「我不管！」她淌眼抹淚，「打都打過了，為什麼還放式神偷害了我丈夫孩子？妳出來！我這條命跟妳拚了！」

當真是百口莫辯，荒厄更是大怒，「我好端端的去山裡避難，何必吃妳那家難吃的山貓?!都不知道活幾百年，皮厚如城牆、肉乾如廢彈，我有那麼不挑麼?!」

好不容易弄了明白，昨晚他們跟我分別後，卻被偷襲了。她的丈夫孩子重傷殆死，山貓娘子想想此處除了我這「大妖」（……）沒人有那種手段，這才上門吵鬧。

……我不懂，我真的不懂。雖然她說我是大妖我很悲傷……但這山裡除了我（……）和荒厄，真能辦到的還沒有。最後我和荒厄去瞧了，幸好荒厄還懂一點妖怪的草藥方子，才救活了人（呃，妖）。

但我和山貓一家的友情就破裂了。

這是第一起，但不是最後一起。這山方圓二、三十里內，不斷出現傷妖或傷鬼的事件，都是跟我有過一點過節的。

這世界，不是唯有人類可以生存。同時存在的還有許多我們看得到或看不到的「鄰居」，他們也是有權生活在這裡，相安無事就是了。

我跨在裡世界和表世界的界限，為了保住唐晨和自己的性命，偶爾還有老大爺的請託，難免會有點摩擦，但沒有必要到這種地步。這反而是危害了某種默契和平衡。

這讓我頭痛起來。

但等我發現，唐晨的「膿」變成一條金色的大蛇，從他的房間蜿蜒而出，無自覺的攻擊各路邪氣時，我的頭痛更劇烈了。

硬著頭皮，我拿我學得非常荒腔走板的盧恩符文設法鎮壓這條「蛇」。

「蛇」是沒爬出去了，但唐晨一臉不解的跟我說，「我昨晚好像遭小偷了，屋子被砸得亂七八糟……奇怪我怎麼沒醒？」

我乾笑兩聲，「我也沒聽到什麼……有丟什麼嗎？」

「就是沒有呢，好奇怪。」

等他去整理房間，我無力的蹲在地上。

「這種事情，只能看他自己想開囉。」朔閒閒的說，「唐晨不會傷生啦。」她擺了擺手，「一點皮肉傷而已。」

……這是敦親睦鄰的必要性，跟皮不皮肉傷沒關係啊！我真想翻桌……

我跟世伯訴苦，他寄了幾張符來。但只是讓唐晨再次「遭了小偷」，一點幫助也沒有。

校內校外的怪談已經升高到一個臨界點，我受不了了。我決定跟唐晨好好談談。

「唐晨，失戀悶在心底不會好，雖然我沒經驗……」我跟他說，「但我願意聽你說。」

「……沒什麼好說的。」他別開臉。

我知道他雖然溫和，但非常固執。他若不想說，倒吊起來打也不會說。「但你這樣我很難過啊！」我吼了起來。

他臉頰滑過一滴淚，雖然很快的擦掉。「……我知道妳關心我，謝謝……我不會讓妳擔心的。」

……我對嚴刑逼供真的不擅長。

正在這種兵荒馬亂的時刻，有個意外的客人來找我。

長久的恐懼並不因為唐晨跟她分手就有稍減，她望著我的時候，我的背爬滿冷汗。

「唐唐唐晨回台北了。」我口吃的說。

「我知道，所以才來找妳。」她坐了下來，示意我坐在她對面。「你們在一起了？」

我戰戰兢兢的坐下來，搖了搖頭。

她臉色馬上沉下來。「沒有？他心底不就是有妳嗎？」

我不知道該哭還是該笑，全天下沒人相信我，連老大爺都不信。我帶著哭聲說，「真的沒有啦……現在又何必騙妳？何況又騙不過妳。」

她美豔的臉孔忽晴忽陰，讓我覺得事情似乎不到不可轉圜的地步。小心翼翼的，我替唐晨求情，「唐晨是有點憨直，但他真的很愛妳。你們分手……他像是行屍走肉……」還弄出一大堆靈異現象，連神威都化形，一片雞飛狗跳。

「愛我？真的愛我嗎?!」她大怒起來，「我對他不是很沒吸引力？他不是不能……他很行的！他是不為，他是不想跟我……」

母獅小姐憤怒起來的時候，「灌頂」會不自覺的發作。但我不知道憤怒可以成為真正的高牆，尤其是我比她還生氣的時候。

「閉嘴！這種隱私的事情不要告訴我！」我明明很怕她，但這一刻，我心底充滿了怒火，「妳跟他在一起就為了貪戀他美好的身體嗎?!」

「我是俗世的女人，搞不來柏拉圖的戀愛！」她更生氣了，「明明就不愛我，何必搞出那種垂頭喪氣，要死要活的樣子？好讓人人說我負心？要說負心也是他……還是說他根本就陽萎？很行的假象是借重了藥物？這種人妳要就給妳好了……」

這一刻，我突然變成「荒厄」了。她鮮明的像是烈火的憤怒和殺氣突然充滿了我的心胸。

「謊言。謊言！」我真的很想用爪子撕碎她，這樣肆無忌憚的在一個不相干的女人面前，無恥的污辱自己愛過的人。完全把自己背叛的行為當作一種遊戲，將過錯都推到別人身上。

但因為我沒有爪子，所以我粗暴的把情緒都灌到她心底，讓她看看唐晨內心的膿和痛苦，狠狠地撕開她以為保護得很好的隱私。

第一次見面我就知道了。她的領地不是只有唐晨一個。但我希望唐晨幸福快樂，年少輕狂誰都會有，我希望她會因為我的存在稍微收斂一點。

但她現在、她現在。她現在試圖說明自己沒有錯，因為唐晨負了心，她所有的一切都沒有錯。

妳怎麼可以在我面前侮辱痛苦得幾乎形魂俱毀的朋友?!

「好了。」朔的手搭在我肩上，原本幾乎要將我焚毀的怒火瞬間熄滅，讓我覺得很疲倦。「夠了，饒她去吧。」

好一會兒，玉錚才大叫一聲，踉踉蹌蹌的逃了出去。

朔的手又搭在我肩膀上好一會兒，等我呼吸平順。擺了擺手，示意我不要緊了，我才蹣跚的爬回樓上，然後在洗手間吐了又吐。

很污穢，真的很污穢。

我想我這輩子別想跟任何人有親密關係了，看過這麼多污穢的人心，我真的辦不到。

剛剛發狂的時候，我不小心「嚥下」太多玉錚的情緒和記憶，一點衝動的感覺也沒有，只有沾滿爛泥般的污穢感。

男歡女愛、肢體交纏，並沒有任何問題。真正讓我作嘔的是背後的「心」。那種充滿罪惡感，然後遷怒到代罪羔羊的那種理所當然……太令人受不了了。

我大概連胃酸都吐盡，膽汁都出來了。

抱著胃，我蹣跚的倒在床上，覺得很想死。

躺了好一會兒，我明白了唐晨的心情，和「朧」的真相。對一個男生來說，應該是很尷尬、難以啟齒吧……？

這樣的「嚴重缺陷」。

第二天，唐晨回來了。他遲疑的敲我的門，「蘅芷？朔說妳不舒服，昨晚連飯都沒吃呢。妳要緊嗎？」

我打開門，他嚇了一跳。「……妳怎麼了？才兩天而已……妳怎麼、怎麼就瘦成這樣?!」

肉。

我啊，是個沒有天賦的人。所以想要使用什麼能力，都得拋擲健康、消蝕膚

瞅了他一眼，我僵硬不熟練的抱緊他。他連動都不敢動，聲音逼緊的，「……蘅芷？」

「唐晨，我有個嚴重的缺陷。」吐壞的嗓子嘶啞，「我沒辦法跟任何人有親密關係。我相信你絕對不會瞧不起我。」

我哭了。

替唐晨哭，替我自己哭。不管原因如何，我們都是屬於「無欲」的那種人。在古代說不定會被說是「品格高潔」、「坐懷不亂」，即使不為僧為道，也不會有人說什麼。

但這是現代。男人會被嘲笑「不舉」，女人會被嘲笑「性冷感」。不分男女，都會被懷疑是同性戀。

尤其是男人，更是會被說得分外不堪，甚至被排擠。

我特別為唐晨哭。這根本不是什麼缺陷，但因為社會的這種僵化框架，他卻得吞下這種苦楚，和女朋友惡毒的嘲諷和辱罵。

這人世這麼排斥有異，我替他痛苦不堪。

「……玉錚來過了？」他的聲音很輕。

「你是我的好朋友，是我最重要的人！」我乾脆放聲大哭了。

「妳也是我最重要的人……對不起，我不懂得愛人……」他也跟著我一起大哭。像是所有的不解、疑惑，自慚自棄，心底所有的傷痕，都隨著淚水而盡。

他心底的「膿」，終於治好了。

＊　＊　＊

那股蠻橫的「神威」，又乖乖的睡了。

隔天我們去上學，我自悔不該讓他載……我們用時速十公里的速度，撞上門口那棵大樹。雖然兩人都毫髮無傷，但機車全毀。

「啊，我的天珠……」又一串精品陣亡了。

之前躲避唯恐不及的原居民，現在又全體歸隊，聲勢浩大。荒厄更是用小別新婚的氣勢黏在唐晨身上，拔都拔不下來。

但我不敢抱怨。一切都回到常軌就很好了……雖然是這樣荒唐的常軌。

只是有時候我會想，唐晨的傷，真的都好了嗎？我想不盡然吧。

偶爾，我會看到那條寂寞的蛇，盤在欄杆上，默默看著月亮，流著淚。我只能將他喚過來，摸摸他的頭，讓他跟荒厄一起睡。

荒厄雖然嘖有煩言，但沒真的把那條蛇趕出去過，反而會伸翅覆蓋著他。

有的時候呢，荒厄也是很溫柔的。

之六　打工

「音樂教室好可怕喔，三更半夜的有人在彈鋼琴，還發出綠光……等我們上去看，卻什麼人也沒有～」

日據時代連風琴都不多見，何況鋼琴？雅好音樂的「少女」只是想滿足一下宿願而已，幹嘛這麼大驚小怪……但還是提點她記得關燈，並且戴上耳機，別讓鋼琴聲傳出去。

「男生宿舍對面的水塔有奇怪的黑影！他們用飄的橫移，好恐怖啊！」

難道只有你們可以偷看女生宿舍？人家好歹生前也是血氣方剛的少年郎，也會慕少艾啊。真是……

「標本室有人聊天開趴……但打開門卻沒有人……嗚嗚嗚……」

喂，三更半夜去標本室幹嘛？給人家一點自由空間嘛。原居民也是需要社交生活的，都躲到最偏遠的教室了，實在是……

一面看著紙條，一面筆記，我忍不住搖頭。人類真是大驚小怪，明明沒什麼事情。

呃……我好像也是人類。

「已經越來越不像了。」荒厄蹲在我肩膀，一針見血。

但我很人類的把她趕開。人類就是不愛聽實話，這點我就像了。

看著滿桌的紙條，意見箱裡還有一半，我不禁嘆氣。這個打工費，還真的是很難賺。

拜唐晨短暫覺醒的神威所賜，嚇壞了的校長痛定思痛，把我找來，問我要不要打工。

「這個，我……」我完全不認為他想找我去聽電話或幫忙改考卷，「我身體不太好。」

但他提出一個讓我眼珠子差點掉出來的月薪，幾乎跟上班族一樣了！

校長說得倒是很輕鬆，只要每天看看意見箱，加以分類，分送各處處理。「只有那種完全不能分類的……」校長支支吾吾，「林默娘同學……我是說林蘅芷同學，妳就隨便處理了吧！」

要不要接受呢？我開始動搖了。雖然拿這種體質來賺錢實在不對……但只是打工而已，不是正職。事實上，我的生活費真的捉襟見肘，尤其是我的名氣越來越大（？），來找麻煩的妖怪越來越多，肉包子打狗的月長石也越來越令我心痛。

每發月長石打出去都粉碎得連渣都找不到，可以的話我也想資源回收。朔賣我的已經是特惠價，不要指望她再打折，而且概不賒欠，這方面她是很一板一眼的。

更何況，我還欠著唐晨一筆旅費（雖然他不要我還）……一時鬼迷心竅，我說，「如果只有一個月的話……」

「也行，也行！」校長大喜過望，「我讓每科老師都幫妳加分！」

……是說情形有這麼嚴重嗎？

「校長，你怎麼會想到要找人打這種工？」我隨口問了問。

結果他一臉尷尬，「其實每個學校都有『專業人士』定期來打工。」

我抬頭怔怔的看著他，「……那我們學校的『專業人士』呢？」

他摩挲著光滑的頭頂，「……最長的沒熬過一個禮拜。」校長掩面，「之後就沒人要來了。」

我是說啊……「專業人士」搞不定，你找我來打工真的可以嗎?!

「可以啦可以啦，」校長陪著笑臉，「妳是靈異少女林默娘啊。」

……我已經不想再爭辯了。

灰溜溜的退出校長室，荒厄忍不住爆笑，「這就是、就是……『人為財死』嗎？」

我冷冷的看她一眼，「哪及得上您『鳥為食亡』？」

她想反唇相譏，大概是想到認識唐晨之後的種種慘況，黯淡的去牆角畫圈圈，熱淚盈眶的。

只能說，荒厄把我教得太好，青出於藍了。

對打工這件事情，老大爺是不太贊成的。

「明明是人類大驚小怪，關我們什麼事情？」祂發牢騷，「妳這是擾民了懂不懂？大伙兒都說妳是替我辦事的，妳這樣叫我怎麼……」

「那老大爺，您支人間的薪水給我？」我悶悶的說。

「ㄚ頭！妳三不五時給我添人口和添麻煩，還敢跟我要什麼薪水?!」老大爺火了。

「老大爺，我也是要生活的。」長長的嘆了口氣，「連命都差點丟掉賺來的謝媒禮，又沒有一毛是我用得的。」

所謂拿人手短，那些謝媒禮讓老大爺發了一注大財。祂老人家也馬上改口，「這些逆民也該管管，妳放手去作吧，老兒挺妳！」

我沒說話，荒厄倒說話了。「糟老頭，你這風向雞作得挺靈活的。」

老大爺先是臉紅了，又惱羞成怒，「兀那妖鳥，別以為煉了金翅鵬老兒就不敢動妳！」

「來啊來啊！」荒厄一挺胸，「我又沒吃人、又沒傷生。我瞧你用什麼名義動我！你們大家評評理哪，都統領福德正神用身分壓我這小妖來著了！評評理呀～」

……荒厄撒起潑來，還真沒幾個人捱得住，氣也氣死。

雖然他們這樣鬥嘴很有趣，但我擔心老大爺的血壓。摀著她的嘴，連連道歉，趕緊逃之夭夭。

一路上唐晨不斷發笑，我瞅他一眼，「現在你聽得見了？」

「略聽得一點兒。」他又笑了起來，「組織一下，大約懂意思。荒厄也太好笑了。」

……太好了。現在他聽得不甚清楚，就聽到一點關鍵字。「……打工的時候，你別來。」我悶悶的說。

「為什麼？」他有點失望。

「……不想讓災難更加倍，你就別來。」我嘆氣。

他雖然失望，還是答應了。

「反正我回去會跟你說。」

「那我可要好好抄錄下來，現代聊齋欸。」他笑瞇了眼睛。

但我覺得很無力。

我說啊，我只是來念大學的是吧？但我功課學到什麼啊？我學得最多的反而是這些現實用不著的玩意兒，現在還拿這個來打工……我大學畢業以後可不要當神棍哪～

「現在就滿像神棍啦。」荒厄不溫不涼的打趣我。

覷見左右無人，我狠狠地掐住她的脖子猛搖，惹得她拚命大叫。我的忍耐也是有限度的。

其實真的沒什麼很大的事情。咱們學校沒有那種厲鬼，頂多就嚇嚇人罷了。但這個打工……真的有點危險性。比方說現在我爬上水塔。他們還可以用飄的，我得硬著頭皮慢慢爬上來驅趕。

「連月都不給人賞的啊？」那群「少年郎」鼓譟起來，「有沒有人權哪?!」

……孩子，人權到自然人消滅的那刻就自動喪失了。你們現在是自然鬼不是自然人。

「賞月是往下瞧的嗎？」我冷冷的說，「賞女生宿舍就賞女生宿舍……但我要去跟老大爺打小報告喔！偷窺也是有罪的！」

「那些男生還拿望遠鏡出來呢！怎不先罰他們！」這些少年郎忿忿不平的指著男生宿舍。

「因為他們不歸我管。」

「太不公平了。」、「就是說嘛……」、「等等某某要洗澡了呀……」、「誰誰那個身材……」他們一面抱怨議論，一面散去了。

剩我一個人在水塔上。不是我不想下去，而是……爬上來只覺得累，但要爬下去……卻非常怵目驚心。

什麼錢都是不好賺的。

但這些少年郎，驅趕以後又來，我爬水塔爬到煩。

但某天，水塔上居然不見他們蹤影了。我狐疑的抬頭，有點摸不著頭緒。

「妳的辦法治標不治本啦。」荒厄涼涼的說，「而且這兒視線又不好，沒望遠鏡還真瞧不清楚。」

我瞪著她。

「女生宿舍門口的大樹，視線好角度佳，一覽無遺。」她挺得意洋洋的，「我讓他們去變樹葉，又不怕人發現，又可以看個高興……」

倒抽一口氣，我連忙往女生宿舍奔去……一見之下，腦門一昏。

這棵大樹，夜裡越發茂密……這些色膽包天的王八蛋！

「吼唷，別再來了啦！」那些少年郎喊著，「不會被她們發現啦，我們會很乖的……」

「就是。被發現以後就不方便偷看了……」、「都這樣兒了，連看都不准人偷看，有沒有鬼權啊……」

現在他們跟我講究鬼權了。我將臉埋在掌心。

想了想，我拿根樹枝在大樹和女生宿舍當中畫了一道，撒上老大爺那兒要來的香灰。雖然讓我有點過敏，但我想他們想越雷池一步也不能。

「太過分了！」、「偶爾我們也是想去夢裡相會的呀！」、「活該妳永遠交不到男朋友……」

我拿出彈弓，又每個都裝樹葉裝得十足十，一點聲音也沒有了。

……這件事情算是解決了，水塔上不再有黑影。但女生宿舍沒有抱怨色狼偷窺，卻抱怨沒人的頂樓半夜有人玩彈珠。

「讓他去啦。」原居民對我叫，「可憐什麼都不記得，這麼小的孩子……愛玩彈珠就讓他玩玩會怎樣……」

有的原居民是可以溝通的，有的呢，是不能溝通的。那種無憾無恨，只是等班車的人魂通常都能溝通，只有那種苦大仇深、為倀為厲的，或是年紀太小，什麼都不懂的小孩子才真的無法溝通。

老大爺這兒沒有倀厲，但真有幾個小孩子。

小孩子依戀母親，常常喜歡窩在女生宿舍，通常無聲無息，也就相安無事。但玩彈珠玩到吵到人，總是不太好。

我來勸了幾次，他就是聽不懂，埋頭玩他的彈珠。白天眾聲混過去了，夜半萬籟俱靜，就顯得很刺耳。

「妳幹嘛這麼直呀？」荒厄看得不耐煩，拔了根羽毛，變成一顆軟綿綿的大球，「小鬼，大球跟你換彈珠，要不要？」

那小孩真的跟她換了，開開心心的踢著沒有聲音的球，以後真的就沒彈珠聲了。

……但他還是在頂樓呀！

「人類看不到聽不到就安心了，他在不在頂樓有什麼關係？」荒厄嗤之以鼻，

「這世界就只有人可以存在唷？呿～」

我不得不承認，荒厄的處理手段比較高明。畢竟我還是個人類，就會囿於人類的思考模式。

對這點，我不知道該高興還是該傷悲。

後來教職員宿舍出了點狀況，我不知不覺用了荒厄的手段。不知道是我太容易被影響，還是潛移默化所致。

有個老師跟我抱怨，他睡覺的時候會被壓床。我去他房間看，發現一個眼淚汪汪的女鬼縮在床上，未語淚先流，「這是我睡覺的地方欸！我先來的……我好心分他睡，他還趕我！什麼世道啊～人家也是黃花大閨女欸！委屈跟他睡沒要他娶我就很好了……」

……人家說得滿有道理的。但問題還是要解決的吧？

我咳了一聲，「老師，你這床的位置有點不對，不是什麼鬼壓床。」

讓他把床挪到另一邊，而原本是床的地方，我建議他做個衣櫥。但是為了「風水」的關係，衣櫥掛衣服的下面，不要放任何東西。

等完工的時候，我跟那位女鬼說，「這樣總行了吧？現在妳有自己的『房間』了。」

她是很滿意，有段時間相安無事。

後來老師又跑來找我，「……是不會壓床了……但是衣櫥老有奇怪的聲音……」張著嘴，如果是荒厄，會怎麼做呢？

「其實，那是座敷童子。」我正色，泰然自若的扯謊。

「什麼？那不是日本才有的嗎？」老師嚇了一大跳。

對喔……「只是名稱不同，咱們這兒叫做地基主。」我趕緊繼續扯，「老師福緣深厚啊！才引得地基主來同住。如果抱著虔誠的心，必定會好好保佑您的！」

老師一臉恍然大悟，安心的回去了。當月統一發票開獎，他還喜孜孜的請我吃飯。「默娘同學……我是說，蘅芷同學，妳說得真準哪！差點把福氣趕走了……我每天點香膜拜，這個月就中統一發票了欸！雖然只有兩百塊啦……但真的事事順心，妳真的是好厲害啊～」

我乾笑兩聲。老師啊，那跟那個沒關係……你只是有了信心，當然就事半功倍啊……

「神棍。」荒厄嘲笑我。

「還不是拜妳良好的教導！」我沒好氣的回她。

……不能再這樣下去了。我還是把打工給辭了吧。

我想辭掉打工，但校長卻涕淚泗橫的要我再辛苦幾個月，最少也做到暑假。

「我來這學校當校長，還沒過這麼平安的時段呢！默娘同學，妳好歹先做到拔根了吧～」

我說校長，你知不知道什麼叫做冰凍三尺非一日之寒？這是百年墳山！鬼比人多的地方，你想拔什麼根啊？

但他是校長，我只是學生，我只能悶悶的說我再考慮，就黯淡的回家去了。

這學期初，校方終於跟公車業者談好了，早晚有兩班公車通到山下。不然我打起這個工，還真不知道拿唐晨怎麼辦呢。他也真是脾氣好，不嫌我囉唆，乖乖的搭公車回家。雖說有些小意外，大抵上是平安的。或許最適合他的是這種將禍福平均掉的大眾交通工具。

等我回到家，往往是深夜了。但他會在咖啡廳點盞檯燈等門，我會把這天打工的內容告訴他，常常逗得他笑得非常開懷。

自從他和玉錚分手，很少真的笑過了。同學神經都很粗，看不出來，覺得他一切如常。但他的微笑總是帶著淡淡的苦味。直到我來打這個荒唐的工，他才真心的笑出來，還把聽來的整理起來，標題居然是「現代聊齋」。

處理的時候，我是無奈又欲哭無淚，但經過他這麼一寫，連我自己都笑了。

我想，我還是把這個工打下去吧。就算不看錢的份上，也看在唐晨的笑容份上。如果這些荒唐的經歷能讓他暫時忘記痛楚，那一切都值得了。

反正我也幫不上其他的忙。

在暈黃的燈光下，他笑語粲然，每每聽到開心的地方，他就伸手撫了撫荒厄。

撐著臉，我跟他說，「其實你很喜歡跟人親近對不對？每次你想拍拍我，就去摸荒厄。」

他的臉孔紅了起來，「……那個，我沒其他的意思。」

「我知道啦。」跟他相處這麼久，我也該知道了。我又不是普通人。「荒厄是你可以放心親近愛護的人……呃，妖。」

他撫著荒厄，眼睛充滿溫柔，「很不正常吧？我……很喜歡肌膚之親。但卻不願意做到最後。但肌膚之親……是很失禮的。」

他是個很守禮的人，我知道。好幾次他忘情的差點抱了我或朔，都回身去抱荒厄。他對同學很親愛，有些時候也差點去搭男同學的肩膀，但卻回身去撫了撫荒厄的頭髮。

「我真正的缺陷是這個。」他笑笑的低頭，「我很喜歡擁抱親密的感覺……但就止於此。跟玉錚分手，其實是我的錯吧……我非常享受和她擁抱親近，非常的愛慕她，看到她就會心跳加速……卻只能『色授魂與』，不覺得『顛倒衣裳』有什麼有趣的。只有很少的幾次……」

他說不出話來，紅著臉別開頭。

……跟我討論這個，真的不太合適。

清了清嗓子，「既然有一年四季三百六十五天時時刻刻發情的人，當然也有跟獅子差不多的那種嘛。人就是各式各樣的，也沒誰對誰錯……只是不合適而已。」

結果我自己也臉紅了。

靜默了一會兒，他擦了擦鼻子，「……說不定我本質上是最淫蕩的那種人。」

我瞪著他，他望著我。不知道為什麼，我們相對大笑，互相拍著對方肩膀，笑得眼淚都爬出來了。

無欲的人反而是最淫蕩的。真是妙論。

「對不起，」我邊擦眼淚邊說，「我不是那麼喜歡肌膚之親的人。」

「不要緊，」他遞面紙給我，「謝謝妳一直很忍耐我。」

忍著雞皮疙瘩，我擁了擁他，然後才去睡覺。

「妳好像又發蕁麻疹了。」荒厄不會放過嘲笑我的機會。

「我還有老大爺的香灰哩。」我晃了晃紙包，「妳想嚐嚐嘛？」

當天我們又打了一架，都快變成例行公事了。

這個工就這麼一直打下去。

其實我有幫上什麼忙嗎？真的很少。我就算不打工，還是平平安安的，很多時候都只是人類庸人自擾罷了，又沒什麼。

但校長只要看到我晚上在校園走動就心安了，不管我敉平的不過是九牛一毛。

原居民對我卻很不樂意，罵我是「新警察」。這辭兒還是我問荒厄的，我不知道原居民還看PTT。

原本我打工的內容是保密的，就是老師們知道得比較詳細一點。但我不知道，現在的老師這麼八卦，居然對外誇耀我們學校有個靈驗的「靈異少女林默娘」。弄得別的學校的學生也會好奇地跑來找人，我只能指著學生證大力否認。

但一來二去，就禍事了。

這天中午，我和唐晨一起吃飯，一切都跟以往沒有兩樣。小戀黏著唐晨，荒厄擠著我，兩個一樣聒噪。我被訓練得可以面不改色的吃飯，還可以低頭看待處理的筆記。

一股寒顫的感覺讓我抬頭，像是大白天就有大咖的來了。

只見一個美貌少女，劍眉星目，走入學生餐廳，目光如電的鎖定了我。我看到她肩膀上的劍龍，不禁張大了嘴。

……阿琳？

我趕緊跳了起來，荒厄也緊急進入備戰狀態。她氣勢如虹的衝過來……大老遠的就跪下，漂亮的滑到我面前，張口就喊，「師父！弟子有禮！」然後就磕頭了。

整個學生餐廳靜悄悄的，荒厄的腳爪都快陷入我的肩膀。「……師父？」她困惑了。

「妳問我我也……」環顧四周，我才覺得不妙。這是午餐時間，大半的師生都在這裡用餐哪～

「快快快快起來！」我結結巴巴的扶她，「妳幹什麼啊，別亂了……」

「師父不答應收我為徒，我說什麼都不起來！」她嚷著，一點不好意思都沒有。

妳是不是武俠小說看太多呀?!不要看到現實和虛擬都分不清楚好不好？

「妳先起來再說！」我對她吼。

「妳先答應我再說！師父！」她非常堅決。

圍觀的人越來越多了啦，拜託喔……我頭痛起來，深深的感覺到，死人和妖怪還比較講理……說不定我比較擅長處理異類而不是人類。

她幹嘛不是個死人呢……？

「拜師也要有個儀式吧！妳跟我來……」我扯著她就跑。

荒厄在我肩膀上已經笑得奄奄一息，「這、這太好笑了……蘅芷，妳不但當過大師，現在更升級要當師父了～☆」

「妳給我閉嘴！」氣急敗壞的吼她，趕緊把阿琳拖到校長室……實在我想不出來還有其他地方沒人敢跟的。

校長被我嚇了一跳，我也很無奈。「抱歉……校長，你的小會客室借我用一下……很快的。」我趕緊把阿琳拽進去。

靠在門上，大汗淋漓。「妳搞什麼啊？阿琳？也不看什麼場合就跪下了……」

鬼神我就搞不定了，連人類都來幫我添亂子！以後我怎麼解釋呀？我的大學生活還不夠亂是嗎?!

「師父，我找妳找好久了！若不是我們的教授當笑話跟我們講，我還找不到妳……」她沒頭沒腦的嚷。

「誰是妳師父啊！」我真的快被氣死了。

阿琳說，那次「拯救蛟龍行動」讓她印象非常深刻，但我被蛟龍帶走了，又沒人知道我的身分，讓她非常苦惱。

明察暗訪，還是他們教授當笑話講了「靈異少女林默娘」，聽那身形和年紀彷彿相似，她才抱著姑且一試的心情來的。

「……你們教授怎麼知道的？」我囧掉了。

「聽說是什麼學術研討會，你們學校的老師說的。」她的大眼睛寫滿無辜。

……很好！這年頭的老師也跟著學生一樣八卦，還八卦到校外去，我還要不要生活呢這是……

「妳不是說我是養鬼者嗎？」我沒好氣。

「是我有眼不識泰山……」她委屈的扁了嘴，「人家本來就看不到。」

「妳們家阿薔呢？」我頭痛了。

「她說她要當平凡人。」她賭氣，「我再也不要理她了。」

……可以的話我想當平凡人！

我跟她好說歹說，她給我執迷不悟。一來二去，我火大了。「妳知不知道看不到是種福氣啊?!」

「斬妖除魔乃是我輩分內之事……」她非常執著，「我有劍龍，我可以……」

原本讓我很害怕的劍龍，在經過這麼久的磨練，現在看起來不過是個小玩意兒。仗著自己有幾分武力，她真的一點進步都沒有。

「妳根本沒有親眼看過鬼神。」我沉重的嘆口氣。

「所以我才來拜師呀！」她非常認真的回答。

揉了揉眉間，我覺得很疲倦。雖然我從來不這麼做，但我覺得，還是給她一點教訓。省得哪天她因為輕率玩掉自己小命。

雖然她對我非常不友善……但我不是記恨的人。再說，我又不是不認識她，哪天讓我知道她因此送命，我的良心也過意不去。

「今晚子時……我是說，十一點的時候，我要巡視校園。」我淡淡的說，「妳若能和我一起巡完校園還不後悔，我就收妳當徒兒。」

她很興奮，但荒厄更興奮，她馬上衝出去唧唧聒聒的宣傳這個大八卦。被我騷擾到百無聊賴的原居民精神都為之一振，摩拳擦掌的。

其實想「見鬼」，不用外科手術，也不用開什麼天眼。如果只是想要短暫看到，方法可是很多的。再說，我只是想小小教訓她一下，不想讓她後半輩子都擔驚受怕。

我用了最簡單、只有我辦得到的方法：用荒厄的羽毛幫她洗眼。

結果這麼義薄雲天、氣勢萬千的女俠客，光走到女生宿舍那棵大樹下就狂叫著逃出校園，連劍龍都忘了用，再也沒有回來了。

「什麼？就這樣？」原居民很失望，「我們還沒出手呢。」

這個工呢，不是每個人都能打的。從來沒見過的人突然見著了……那種精神衝擊可是很大的。

這才是正常人嘛。

但是我……我卻成天和鬼神打交道。我想當正常人哪……

「親愛的，下輩子說不定有機會唷。」荒厄對我擠擠眼。

搡了她一下，我連罵都罵不出來了。

之七 解冤

期末考的時節到了。

這個時節可能是全校怪談率最低的時候。所有的學生都如臨大敵，就算看到什麼怪事都沒感覺了，沒感覺就沒怪談。

雖然那批原居民會喊無聊，但我的確輕鬆不少——單指打工方面。到底我還是個學生，我也同樣陷在這股期末考的瘟疫中，連巡邏校園都邊走邊看書。

我是聽說過陳摶是睡仙，但沒想到睡覺真的是修行法門。最少這麼大睡特睡的荒厄變得滿亮的，幾乎可以當行動檯燈使用了。

雖然對幾乎看不懂的課本內容略微恐慌，但基本上我還是感激期末考的。不然「靈異少女收徒」的戲碼老被人提出來，還有的同學試圖比照辦理。

阿琳真是我命底災星，我只希望上蒼垂憐，千萬不要再遇到她了……不過老天爺向來喜歡玩我，我對這點真的非常悲觀。不過她可能嚇得夠嗆，所以沒有任何音訊了，對這個我倒是深感安慰。

巡邏了校園，大抵上是平安的。只警告了幾個在馬路上踢球玩的原居民……踢球玩沒什麼問題，但踢自己的腦袋玩總不太好。我知道他們只是無聊，但讓人類瞧見了，有心臟血管疾病的，恐怕會出人命。

「討厭的新警察……」他們一面抱怨一面散去，「……哪來的病貓啊，好髒……」他們閃著，我看到一隻瘦骨嶙峋、搖搖晃晃的「大貓」，走了過來。伏在地上，不斷點頭流淚。

認了好一會兒，我才認出來，那是玉錚的原靈母獅。但為什麼會變得如此憔悴狼狽?!

我剛伸手，荒厄就制止我，「別碰她！很髒啊，天哪……」她打了個冷顫，「好噁心的瘴癘……」

瘦得肋骨都跑出來的母獅，仰天痛苦的咆哮一聲，讓人聽了又怕又難過。然後驟然失去身影了。

「這種事情，不歸咱們管。」荒厄露出嫌惡的神情，「禍福無門，為人自招。終年打雁，到底讓雁啄了眼睛！她待咱們那麼凶狠，還真有臉皮求救呢這是……」

「妳別突然這麼有學問好不好？」我心煩起來。

但荒厄說得有道理。母獅小姐又沒什麼恩義到我這兒，需要為她拚死拚活？她若在我們學校，我還勉為其難的得插手……但我們學校是沒有「厲」的。

荒厄什麼鬼都敢惹，就是不敢惹「厲」。經過香火，危害更烈。那種苦大仇深，甚至經過某些儀式、拿自己的命整個賠進去的「厲」，連城隍爺都要鬧頭疼。鬼屋那戶男主人，是讓城隍爺的符困久衰弱，若是新鮮時刻，荒厄連碰都不敢碰。

瞧母獅小姐的原靈，恐怕是新鮮猛辣的，別說我了，連荒厄都害怕。

但玉錚那麼厲害，怎麼會有厲敢上門找麻煩？

雖然打定主意不管，但那天晚上我幾乎都睡不著，翻來覆去一整夜，直到天亮才勉強打了個盹。

頭天期末考，我都不知道我在紙上塗了些什麼。越發心浮氣躁，我打電話給世伯，但沒有人接電話。

「怎麼了？心神不寧的？」唐晨關心的看著我，「考不好也沒關係，頂多就暑修罷了。需要暑修的話，我暑假留下來陪妳。」

抓著他的胳臂，我欲言又止。掙扎了一會兒，「……你還愛著玉錚嗎？」

他臉色刷的煞白，悽楚慢慢的冒上來。「……她幸福快樂就好了。」

我是白痴，我一定是白痴。為了一個不相干的人吃不下睡不著，連考試都考不下去。「……手機能不能借我？我的沒電了。」

唐晨是個有條理的人，連手機的資料都整理得整整齊齊。沒費什麼工夫，我就偷抄下玉錚的電話和住址。

「妳是不是發瘋啦？」荒厄對著我喊喊叫叫，「這不是妳我能插手的事情！」

「荒厄，妳沒有我也沒關係。」我擦去頰上一滴淚，「真的還滿凶險的，我都不知道能不能全身而退……妳跟著唐晨吧。不要做什麼壞事了……我瞧妳沒喝別人的血也活得好好的，幹嘛造孽呢？妳好好修行，說不定將來還可以得正果。不想跟唐晨，妳跟老大爺也成。老大爺心好……」

「閉嘴啦！別搞得像是交代後事！妳的身體我也是有分的！」她哇的一聲大哭起來，「沒有妳不行啦！我還得等妳生下來呢！什麼正果我不要啦！」

我終於明白她說我「沒心肝」反而比較好，現在我也這麼覺得。這隻傻鳥，哭什麼呢？

我什麼天賦都沒有，就是第六感強了點。懸在前方的是暗無天日的凶險，我著實害怕。但不去看看，我什麼都做不了，睡不著吃不下，連考試都考不下去。

「只是瞧瞧，緊張什麼？」我將機車停好，走入咖啡廳，「但妳還是留在這兒……」

「不要不要不要不要~」她著實發脾氣，「說不要就是不要！」

怎麼辦？我能叫她「回來」，卻沒辦法叫她「走」。一進咖啡廳，朔在櫃台上擺了三包月長石，和一串子黑線。

撐著臉，她說，「我已經破例干涉太多了。上去收拾東西吧。」

這些高人喔……真是的。

我把世伯給我的東西都打包，連同他的信。下去默默收下朔的贊助。

「活著回來呀，我最後的學生。」朔用額頭輕輕碰了碰我的額頭。

「……我盡量。」我對她屈膝，「謝謝妳，老師。」

臨別時，朔淡淡的說，事主會弄得這樣狼狽，是因為上回想凌暴他人精神的時候，反遭凌暴，崩潰了天賦和城牆。

這在我心底又添了一層煩躁。

我早該知道，她那樣肆無忌憚的捍衛領土，不可能只針對我一個。我不知道她針對了誰，程度到哪裡。但我突然非常生氣，氣那些有點武力卻不守戒律和分際的傢伙。

這種在現世無用的能力，本來就該看守的死緊。妖言惑眾或恣意妄為都是不對的。

但我也很氣自己，我不該那麼暴躁的入侵玉錚的心靈，讓她失去防衛能力。我不該……讓憤怒淹沒，同樣的恣意妄為。

「不然呢？」荒厄很不贊同，「看她生生的逼殺妳？妳是白痴啊？」

「是，我是白痴。」我苦惱的咳了兩聲。

這個工打起來，雖然沒有什麼大病，但春夏交替，我又虛畏，雖說早就該適應了，還是不免要生點小病。我拿起保溫瓶的花草茶喝了兩口，知道安慰作用大於藥用。

我開始懊悔，實在該活吞幾隻毒蜘蛛才對。

「得吞到蜘蛛精去了，毒蜘蛛已經不夠用了。」荒厄賭氣。

……那還是算了吧。

在新竹車站又打了次電話，但世伯還是沒有接。我猜他是不在家……他們那種老派人又不流行帶手機。

硬著頭皮，還是得去闖一闖了。

抵達的時刻是正中午，陽氣最盛的時刻。我搭上計程車報了地址，司機載我往市郊的別墅區而去。

都是小小的，獨棟獨戶，還有前後院和車庫的小別墅，看建築物的地坪約十來坪，共有三層。這種別墅光租起來就很驚人了，看到門前是「夏寓」，我苦笑了一下。

我知道唐夏兩家頗有家底，但唐晨生活樸實，一點點也看不出來，沒想到玉錚上個大學居然住在自己的產業上，還是獨棟別墅。

屋前屋後，花草枯萎。我按了門鈴，沒有人接。悶悶的打手機，有人接了，卻立刻按掉。

「荒厄，妳去打開大門。」我說。

「我不要！」她發起脾氣，「看也看到了，我們可以走了吧？」

「就是看到了，才走不成。」我有些氣悶，「我不想後半輩子都失眠。」

心不甘情不願的，荒厄化成霧形，從欄杆進去，開了鐵門，又霧化鑽進鑰匙孔，開了大門。

「咱們這手該保留著搶銀行才對。」荒厄抱怨了。

「謹此一次，下不為例。」我沒好氣，「妳還想搶什麼銀行？妳又用不到錢。」

「最少有點收穫，而且安全多了！」

這我倒是很難反駁。

大門內的景象讓人憂慮。一樓是客廳和廚房，原本應該充滿現代感的簡潔和清爽。現在卻像是被颱風刮過，一片狼藉。沙發上還插了把應該在廚房的菜刀。

嚥了嚥口水，沿著光滑的木造樓梯往二樓去。二樓有個小小的會客角落，同樣椅翻几倒。只有一個房門，半開半掩。

我想打開，卻被堵住，從門縫看，倒在地板上的是玉錚。

「荒厄，把她搬開些好讓我開門。」我轉頭。

她倔強的將頭一別，「我不想碰她！噁心死人了！」

妳還不知道什麼叫做噁心呢，孩子。

扶著她的臉，我用最真摯誠懇的心情說，「求求妳，荒厄……」

她大大的乾嘔一聲，逃命似的鑽進門縫，粗魯的將玉錚踢遠，趴在地板上吐個不停。

這招治她還真的百發百中，比世伯的符強太多了。

緊張的探了探玉錚的氣息，好在還算穩定。想把她扶起來，雖說她跟時下的女孩子一樣餓得身輕如燕，但對我來說還是很吃力。

她微微張開條眼縫，先是充滿獲救的感激，等看清楚是我，無力的推了我一把，「不、不用妳來可憐我！」

用力抓住她，我有種使用暴力的衝動。「……妳不想失去女王的尊嚴，最好還是合作點，讓我扶妳去床上。省得我用拖的，那就難看了。」

她恨恨的看我兩眼，這才軟化下來，拚命使力，讓我扶她到床上躺下。我將窗簾拉開，打開窗戶。那種病瘴的氣息才消散一點，不然實在吃不消。

「……別開窗。」她用手擋著陽光。

「現在無妨。」我嘆氣。她住的這個房間真是又大又寬敞，只是凌亂不堪。想想她的個性，應該不會放著這樣……我心底的憂慮又添了一層，俯身開始收拾。

「收也沒有用，讓他去吧。」她別開頭，「妳怎麼進得來的？」

我和她都清楚，她不是指門啊鎖啊那種有形之物。

「因為我跟妳一樣，都是巫婆。」嘆了口氣，我拿保溫瓶的花草茶給她喝。

她貪婪的喝了幾口，臉孔的那股死氣終於消散了。「我才不是巫婆！」她怒吼。

「別跟我說妳一無所知啊！」我沒好氣的回她，「或許起頭不太清楚，漸漸的也該有點知覺了。」

「只是夢境而已呀……」她掩住臉孔。

揉了揉眉間，我覺得還滿疲倦的。「什麼時候開始的？」

「……七七以後才變得厲害。」

什麼？妳說什麼？

「誰的七七？」我跳起來，猛搖著她，「是誰的七七啊?!妳傷了誰的命？」

「我沒有，我從來沒有真的傷害過誰！」她大叫，「是她兒子不好，一天到晚偷窺女生宿舍，有回還跑進去……我只是想嚇走他呀！怎麼知道他會失足跌下樓……」

瞠目結舌，我該怎麼說呢？

唐晨老說，玉錚是個有正義感的女孩子。她或許任性，但並不是壞人。她不是為了自己去使用這種能力，而是想拯救差點被侮辱的同學。甚至她也沒有傷害那個色狼，只是放出原靈想嚇走他。

並不是死人就是對的，換做我是她，說不定我也會這麼做。

但母愛呢，是種蠻橫盲目的東西。她想的只是自己的孩子無辜喪生，非報仇不可。

「……很久了吧？」我問。

「快一個月了。」她不看我，倔強的眼睛蓄滿了淚。

「妳為什麼不說呢？」我真的要爆炸了，「妳可以跟父母說，不然也可以跟世伯說呀！」

「太丟臉了！他們早就警告我不要輕舉妄動……」她摀著臉哭起來了，「而、而且，以前我都能夠自己處理……」

這就是因果。沒有我爆炸掉她的城牆這個「因」，就不會導致我得來收拾殘局這個「果」。

「什麼時候會來？」抹了抹臉，我問。

「……天黑以後就開始鬧，子時後會鬧得特別、特別厲害……」

她怕丟臉，不敢跟任何人講。但下意識的跟我求救。我站了起來。

「妳回去吧。」她鎮定了點，「說不定沒什麼事情，只是庸人自擾。妳……妳沒必要攪進來。」

她如果抱著我大腿哭，我說不定還可以一走了之。「妳走得動嗎？」我扶著她，想要先離開這個屋子。

但大門像是被焊死了一樣。

她鬆開我，到樓梯坐下，「妳走吧。妳一個人應該走得了。」

的確，她一走開，大門就輕鬆的打開了。我在門口站了一會兒，把門關上。結果關上的那瞬間，失聰的左耳傳來一聲尖銳的慘叫。

荒厄跟在我背後飛，那是誰在我左耳慘叫？

「抱歉啦，」我喃喃的說，「我不識時務。」

「……妳不走？」玉錚怔怔的看著我。

輕輕的，我搖了搖頭。「妳餓不餓？」我問，「妳若掙扎得動，上樓躺好。我是餓慘了……煮點東西我們一起吃。」

她發了好一會兒的愣，才吃力的爬上樓梯。

「現在妳還有心情吃什麼呀?!」荒厄又怕又氣，「這已經不是穿著紅衣上吊的程度了～」

「我會怕欸，別跟我講。」我跨入凌亂的廚房，打開冰箱。好在裡面是正常的食物，沒躲什麼。「怕又不管用，先好好的吃一頓再說。聽說死刑犯死前都會美美的吃頓飽的。」

「……有句話說，腦殘沒藥醫。」

拿出幾個蛋，無奈的看著荒厄。「我今天才知道，荒厄妳還頗睿智呢。」

我的手藝不怎麼樣，不過最好的調味料叫做「飢餓」。我餓了一天，玉錚據說被關了三、四天，大夥兒餓慘了。她一面抱怨會胖，一面埋頭苦吃。

是說現在的女孩子真的減肥要減出神經病了。

「妳好像也是女孩子。」荒厄沒好氣。

「是哦……但我自己也常常忘記。」我不得不承認。好好活著就很累了，還自找飢饉。人生就是太美好順遂，才會想那些有的沒有的苦刑來自找苦吃。

人一吃飽，就精神起來。雖然她還是病弱虛軟，但神色看起來好多了，昏暗的死氣也不再聚攏。

「還要嗎？」我指了指飯鍋。

她搖搖頭，「好久沒吃這麼飽了。」

搔了搔頭，我把碗盤收了起來，先堆到洗碗槽。我還有更要緊的事情要做，沒空在那兒賢妻良母狀態。

人既然沒學得辟穀，還是老老實實的吃飽喝足，別過量就是了。吃得飽神氣足，元神一全，身體健康，邪祟就不容易侵擾。很簡單的道理，但十個有九個半的女孩子聽不進去。讓我這個三餐吃不到兩餐，長年鬧胃痛病虛的人很悶。

「妳越發老媽媽了，」荒厄罵我，「該走不走，該怕不怕，還管她減不減肥？明天的太陽還不知道看不看得到呢……」

「明天若陰天，也看不到太陽的。」

「誰跟妳說這個?!」她用力推了我一下。我不睬她，找出世伯的信和朔給我的黑線，尋了根晒衣竿，慢慢的朝上打結。

「妳想……解冤紓孽？（註）」她笑了出來，這麼漂亮的人，笑起來真是好看……可惜有點苦。

「趁著還有日頭，能做多少算多少。」我想她讓世伯耳濡目染，也懂一些兒。這是一種道教儀式，世伯寫來的信不但有完整圖解，還註明了一百零八句釋冤經文。

朔的確破例干涉了……她遞上黑線，就是提點我這麼破解。她那樣嚴守渾沌的人，真的大大違背自己的原則。

「伯伯收妳當弟子？」她有些不相信。

「……不算收啦。」我也覺得沒什麼好瞞的，指了指荒厄。荒厄對她怒目而視，嘀嘀咕咕。「為了她……伯伯怕有人為難我。」

她呆呆的坐著看我打結，冷不防的冒出一句。「難怪小晨喜歡妳。」

我差點把結打死了，拆了半天才打好。「唐晨喜歡的人可多了……但他最愛的還是妳。」

她低低笑了一聲，又開始哭起來。

……看到女王哭真是怵目驚心，她還不如對我撒潑。這樣一如普通女孩的掉眼淚，滿心委屈，我都不知道如何是好。

「……以前，我也真的很喜歡小晨。我們幾乎是出生就在一起，長到這麼大了……他是我的初戀，不管是什麼的第一次，我都是跟他在一起……」她抹著眼淚，「我怎麼可能不愛他呢？這是不對的……但是這種不對，隨著我們分別的日子，越來越真確了……」

或許她的天賦和城牆都被我爆掉了，但我和她，在某種本質上很接近，都是不自覺或不自願的「巫」。靠得這麼近，她又沒有絲毫防備，情緒深染比語言快速正確多了。

來到花花世界，沒有父母親友的管束。漸漸的知道了濃情的滋味，知道自己真正愛的是什麼和要的是什麼。但又罪惡感的譴責自己，對唐晨抱著內疚，又覺得像是小時候穿的鞋子，再可愛漂亮也穿不下了。

眷戀著年少時光潔純淨的初戀，她越發捍衛自己的所有，就算明明知道會漸行漸遠。一方面惱唐晨有我這個紅粉知己，一方面又暗暗鬆口氣，無須自己開口，罪過終不在她身上。

這樣纏著、惱著、氣著，苦悶著。更忍不住去試探、諷刺責罵，希望唐晨能夠重燃她的熱情，但一切的努力終究成了泡影。她也不過是個普通的女孩子，年紀才剛二十初，怎麼會好好處理這種事情呢？又怎麼怪她推過諉錯？

不過是種逃避。

「我是愛他的才對，我怎麼能不愛他呢？」她哭了又哭，「但是怎麼了？就是、就是突然都不對了、不愛了！我我我……我壞得很，我是壞女人……可我不要這樣啊……我不要……」

「妳只有張聰明臉孔，」我悶悶的說，「骨子裡倒很實心的笨拙。」

「要妳來罵我?!」眼淚未乾，她就瞪起眼睛罵人了。

這樣好多了。

「朔……我是說，我們住著那個咖啡廳的店主說過，這種毛病有帖最好的藥方。」我繼續打著結。

她狐疑的看我。美女真好，梨花帶淚的，我都快原諒她之前的所有無禮了。

「時間。」我終於把一百零八個結都打好了，擱在一旁。「時間可以治療這種情孽糾結。」

我不知道她想通了沒有，不過她倒是停止哭泣了。

這麼一交心（？），玉錚對我沒那麼凶了，說她能撐幾天，是因為這個房間經過父親加持的緣故。

我恍惚記得世伯提過，她的父親夏濤，雖不如她天賦這麼優秀，但也很驚人了。世伯不太願意教玉錚，說不定教過她父親。

趕緊找著房間四周，果然大門門楣之上，畫了一個奇形的符，只是已經殘破。

我趕緊翻出黃紙，依樣畫葫蘆。

「不是這樣……妳撇錯了！」荒厄在我肩膀上怒吼，「妳腦殘手也殘啊？抖什麼抖？吼……妳勾和捺都不會分是吧？妳的國語老師會一頭撞死！」

看我在那兒鬼畫符半天，荒厄忍受不了了，一把搶走我的毛筆，讓我的手心一把墨，「滾遠點！我當初是造了什麼孽附了妳的身，我要附也該附妳旁邊那個惹禍精……」刷刷刷的開始畫起來。

但她的話讓玉錚抖了一下。

「果然是子姑神，厲害得緊。」我趕緊一頂高帽戴上去。她真的連尾巴都快翹起來了。

隨著之前的舊符補強，忙了半天，時間已經四點多了，氣氛開始變得沉滯。手心捏著汗，我又打了幾次手機，但世伯還是沒有接。門口猛然一響，把我和玉錚嚇得跳起來，我撲過去打她床頭的電話……

這次世伯接起來了。「……蘅芷？」

「伯伯！」我大叫，「玉錚這兒出事了！」我怕不知道幾時斷線，呱哩呱啦把這兒出的事情通通告訴他。

「符呢？她父親畫的符呢？」世伯的語氣很凝重。

「我補強了……呃，應該說荒厄弄好了。但我不知道有沒有效，之前的都毀了……」

世伯好一會兒沒說話，我緊張得手滑，幾乎都握不住話筒。

「蘅芷，這是妳無法處理的。」他深深吸口氣，「現在的時刻妳還走得了，快走！我會馬上趕過去……」

「……那玉錚呢？」我愣愣的問。

「我不能讓妳賠上這條命，快走！」世伯很凶的趕我，「立刻離開那個屋子！」

我本來覺得委屈，轉思一想，我明白了。玉錚可是他至交的女兒啊，是他從小疼到大的孩子。原本我以為，我只是他萍水相逢，不得已「愛屋及烏」的人。

平常別人遇到這種事情，不管我辦不辦得到，還是會求我先擋擋吧？我是「靈異少女林默娘」嘛。

但是世伯……世伯卻拿我的性命當第一優先。我覺得……好像沒什麼遺憾了欸。

「蘅芷？妳聽到了沒有？妳再待在那兒……我、我就逐妳出門牆！」世伯的聲音更焦灼了。

「……伯伯，你趕快來吧！」我擦掉眼角的淚，笑著說，「我一定會撐到你來為止，請你快來！」我把電話掛上。

「……為了幾句貼心，妳就要賣掉自己的命。」荒厄喃喃著。

「紅顏酬知己，寶劍贈烈士。」

「現在妳還有心情跟我掉什麼書包啊～」

不想理她，我轉頭跟玉錚說，「伯伯趕過來了。」

她愣愣的看著我，「……妳是怎麼打通的？」

沿著她的目光，我看到電話線早就拔了起來。搔了搔臉頰，「……精誠所致，金石為開？」

「是喔。」但她馬上離我三尺遠。

我也只能乾笑兩聲。

到天完全黑下來的時候，樓下的客廳早就鬧得一塌糊塗。玉錚那麼神氣的女生，也只能跟我一起抱著發抖。荒厄在屋裡飛來飛去，不停叨念。她念的那些我早就明白了，知道也不會讓事情好轉。

妖魔鬼怪，都有一定的規矩和相生相剋。但人魂轉化的厲卻不跟你講這些規矩。荒厄會是這樣擁有女性美貌臉孔和豐飽胸脯的妖怪，就是為了在進食的時候不讓「食物」恐懼怨恨，在歡喜中死去，以後死了，才不會成厲來找她麻煩。

大凡妖魔採補，都讓「食物」死得舒心快意。只有人類和厲才會設法虐殺食物和敵人。

這樣說明，我想大伙兒就明白厲有多猛。尤其是母親變成的厲，那更是猛到爆炸了。

為了補強，我還在門口懸上世伯給我的桃木劍和羅盤。然後？然後只能低頭祈禱了哪有什麼然後……

鬧到二樓的時候，才七點多。但我想外面那個媽媽早就等得不耐煩了，七早八早就來破門。那個不爭氣的門，應聲而開，連鉸鏈都飛了。

荒厄寫的那個符果然無大用處，堅持了幾秒，就灰飛湮滅。

只見一個臉色發青的中年婦人，沒有傳說中的披頭散髮和白衣飄飄。她穿著尋常的家居服，很趣緻的圍著哆拉A夢的圍裙，只是手裡拿著菜刀，殺氣騰騰，讓我忍不住護了護脖子。

她想進來，抬頭看了看懸著的羅盤和桃木劍，忍了忍，走了出去。剛剛鬆了口氣，誰知她去而復來。「魂飛魄散、自我虐殺都不怕，還怕妳這幾樣死物?!」

手一長，宛如枯枝上頭鑲利爪，她將羅盤和桃木劍抓下來，搓揉成一團。空氣中充滿烤肉似的焦臭味道，扭曲著臉孔，她衝上來……

我將那根打滿結的晒衣竿往她一推，她跟我角力起來，我兩條腿都在發抖。

這是最後一道防線了，朔給我的提示。

「第一解！」我對她厲聲，「天曹界內星宮斗府之罪！」然後當她的面，拉開第一個活結。

這就是解冤紓孽的儀式。用神明的身分，解開各種族摩擦和怨恨。實在不應該由我這無法修行、沒有天賦的人來執行。

但我能拋擲健康和生命力。

打開第一個結，下午在我耳畔響過的慘叫又響亮的拔尖了。

我知道，我知道。我知道妳很恨，我知道妳心肝俱裂的痛苦。養個兒子到大學不容易，在妳眼中，他又是那麼可愛的孩子，圍裙還是他送的母親節禮物。

但這不代表他沒有錯。只是個不幸的意外，不代表妳該找誰報仇。

「第二解！」我對她喊，如儀的獻上經文。

每解完一個結，她就發出更恐怖的慘叫，我也感到不斷累積上來的疲倦。解到第五十一個，我已經無以為繼，腦袋成了一片糨糊，想不起來第五十一句經文是什麼了。

「五十一解！」荒厄抓著我的肩膀，用光亮驅除了原本的寒意和睡意。「欺毀良善嫉妒奸吝之罪。」

她又發出慘叫，但這次威力就減弱很多。我有些意外，荒厄不但保護我，還將她的生氣倒轉過來灌在我漸空的身體裡。

她的生氣自然帶著邪，不過我和她相處久了，比較受得了。但也一陣陣細刃割似的痛。這是飲鴆止渴，我倆都明白。

她頂了十來句，一邊要保護我，輸生氣給我，還要硬扛厲鬼，她也漸漸言頓辭虛起來……

「六十六解！」嚇得滿臉眼淚鼻涕的玉錚，那股女王的蠻勁爬了出來，她抓著世伯的信，一字一句認真的念，怒氣不息的抽去結。

我們三個就這樣接力，結結巴巴的把儀式繼續下去。我知道她根本不想解釋冤讎，但沒辦法。

這世界上的一切都互為因果，我卻不能看著這因果往更壞的地方去。

「一百零八解！」我虛弱的說。

但不等我念經文，她的菜刀已經砍斷了那個結。對我噴出一口惡臭的鬼氣，將我推倒在地。

完了。

抱著腦袋，我發現我只有個遺憾。

「唐晨！」我閉目大叫。

說也奇怪，閉著眼睛看不到什麼的是吧？但我清清楚楚的看到唐晨，我還沒看過他那麼生氣或憤怒。

然後一片白花花，我看不見他了。

睜開眼睛，我還覺得一片眩目。晒衣竿上一條小金蛇，盤據得像是我打的活結。

「一百零八解……不生善心濟度枉死孤魂之罪！」我顫著聲音，把經文做個圓滿，然後拉開小金蛇。

原本撲在玉錚身上的厲鬼，身影扭曲歪斜，發出極度尖銳可怕的哭喊，像是被什麼東西吸著，颼的一聲，經過我的身邊。

「……既然這麼愛管閒事，就來當我兒子的媳婦兒吧！」我的腳踝被某種東西一扯，倒頭被拖到三樓去。

我沒問玉錚他們三樓是幹嘛用的，早知道就該問了。看到神明燈，應該是拜公媽的地方。但我想，他們家的公媽應該去避難了。

我實在不想形容那種陣仗……像是地獄熔爐在人間開了個裂口。這麼小的空間，擠了這麼大量的「壞東西」，還不斷冒出來。

荒厄不要命了，小金蛇也拚了。但我怎麼可能看著我最心愛的人們拚進去？摸出彈弓和月長石，我著實發怒了，瘋婆子似的將所有的存貨都打個乾淨，等我定下神來，這三樓像是被機關槍掃射過，坑坑巴巴的。

我爬過去，抱著奄奄一息的荒厄和小金蛇，心底空空的。

荒厄睜開一條眼縫，「……白痴。」

「是，我是白痴。」我溫馴麻木的回答，把手肘磕碰出來的血抹在她嘴裡。

「我不會死啦……哪那麼容易？」她的眼淚卻一滴滴滴在我膝蓋上，「但妳……我可不知道了……」

「荒厄，妳還是沒心肝的好。」說完這句，我就失去意識。

＊　　＊　　＊

幾滴水滲入我乾裂的唇，帶著刺鼻的辛香味。我稍微動了一下，痛入心扉。吃力的睜開眼睛，什麼都看不到，一片黑暗。

「蘅芷？」是世伯。

想說話，卻先是一串咳嗽。好一會兒才開口，「伯伯。都沒事了嗎？」

「是。傻孩子，傻孩子……」他緊緊的抱住我，幾滴溫熱滲入我頭髮裡，呆了一下，我才知道是眼淚。

動一下就好痛……但我還是偷偷抱緊了伯伯。「羅盤和桃木劍都壞了呢……伯伯真要把我趕出門牆嗎？」

他用力搖頭，「妳是我的徒兒……我正式收妳。妳永遠是我的徒兒。」

突然覺得，其實也沒那麼痛了。

本來我以為我會瞎掉呢，結果沒有。是有些擦傷和撞傷，但就現實的醫學來說，我沒有大礙。

至於非現實的部分……哈哈，我們就不要深究了。（轉頭）

玉錚挨了一頓好罵，被他爸媽帶回家休養了。伯伯只讓我去醫院半天，就背著我搭火車，回朔那兒去了。

我的期末考……只能說鄭王爺的「售後服務」做得太好，高分過關。但唐晨卻補考了。據說他考到一半突然大吼著昏過去，接著大病一場。

伯伯那陣子住在朔那兒，盡心盡力治療我們倆。等暑假來臨時，我們倆基本上是恢復了健康。

他後來淡淡的跟我說，那位厲鬼，花了所有家產買通旁門左道，才會凶厲到那種程度。他已經全部「處理」好了。

「……包括那個旁門左道嗎？」我虛弱的問。

他只是笑，不回答。「……我很少發怒，這是頭回氣成這樣。」

我當然知道他不是氣我……但我還是稍微替那個旁門左道哀悼一下。

等伯伯要回台南的時候，我很捨不得，眼淚汪汪的送到門口。他按著我的頭，又緊緊抱了我一下，才跟朔道別，走了。

「我心底……怎麼覺得有點不是滋味。」大病初癒的唐晨悶悶的說。

「什麼？」我不懂了。

「伯伯抱妳，妳一點蕁痲疹都沒有起。」瞧他一副失落的樣子。

我用手肘頂他，「神經喔。伯伯是長輩……」摸了摸鼻子，「他又不會放元神，命都甘願捨的衝過來。」

他這呆子，不知道有什麼好臉紅的，連耳朵都發赤了。

「唷，嘖嘖，」荒厄趴在欄杆上，「打情罵俏欸，有進步有進步……」

深深吸口氣，我抬頭，緊握著雙手，「但我心底最愛的還是荒厄……」

她跑得一股煙似的，羽毛還掉了兩根。我想她該知道誰是主人了。

*　　*　　*

暑假開始了。

我真高興可以活過二年級……希望可以平安活過三年級，別再發生什麼事情了。

但老大爺不肯給我聖筊。「丫頭，老兒是不說謊的。」

……

但我今年卻不能在朔那兒過暑假。

「唐晨不是邀妳去度暑假？就去吧。」朔撐著臉看我。

「……咦?!」我的頭髮都要豎起來了。為什麼我要去唐晨家過暑假?臉皮不會太厚嗎?!

「我也有我的生活呀。」朔嘻嘻的笑，「肅柏邀我去台南小住。」

……是說伯伯你的城牆就擋這麼一點時間嗎?!

「他是出家人欸朔……」我眼淚汪汪的求情。

「蘅芷，妳怎麼這麼邪惡呢?」她瞇了隻眼睛，「教學相長啊，呵呵……」

「有什麼關係，醜媳婦總是要見公婆的……」荒厄興致勃勃的說，「他們家不知道有沒有好吃的小孩……」

「見妳媽啦!」我不能對朔發脾氣，但可以對荒厄發脾氣。

這對我來說還真是可怕的考驗，比面對厲鬼還恐怖。我發現我還比較喜歡面對死人和妖怪。

欲哭無淚的，我和唐晨搭上了火車。

我，真的能平安畢業嗎?還不知道能不能活過三年級呢。

火車開動，駛向另一個未知的旅程。

（荒厄〈卷二〉暫完）

註：解冤紓孽的真正名稱是「解結赦罪」，是道教儀式「解冤釋結科儀」，主要的內容乃拜誦《解冤赦罪三十六解玄科經》。因為小說需要，所以加以變化，從三十六解延展成一百零八解，並且從經文中摘錄上去，事實上是不正確的。

特在此說明之。

特別收錄　番外極短篇

「就說過你不用干涉太甚的。」她遞了一杯茶給他，「大道自有其平衡。」

「我的性子就是如此。」他接過了茶，隔著櫃台看著她。

萬籟俱靜，正值朔日，長空唯有星光萬點。她悠然看著落地窗外的星空，掠了掠額上的髮。

「數十年來，我未曾有俗世之想。」他說。

「噗，」她輕笑一聲，「你的教派並未管得那麼嚴，只好哄哄不知情的人罷了。哪有講究平衡的人，弄到如此不自然？只是俗世之想容易落到荒唐放縱，你們教派束手無策，只好一禁了事。我說得可是？」

望著她，好一會兒他沒開口。「但我現在有俗世之想了。」

她微微別開頭，笑得非常美麗。

這是特別回饋（羞）。

但頂多只能寫這麼多，不能寫更長了。我得替高人保留點面子……

作者的話

當你看到荒厄〈卷二〉的時候，我正在寫荒厄〈卷三〉（乾笑）。

感想？我唯一的感想是……

饒了我吧，讓我睡覺啊～～～這種被雷打到的作品，真的快讓我吃不消啦～～

自從開始寫荒厄的時候，我就有點不妙的預感。翻翻我的瀲灩遊似乎永無止境，這個插隊的遊戲之作應該往後排才對……

但我錯了。想插隊的就是要插隊，寫不完就是別想睡。我拿拚命冒出來的故事完全的束手無策。好吧，那先把荒厄〈卷二〉寫完吧。

但寫完我還是睡得非常糟糕，睡醒反而比睡前更疲勞。怎麼辦好呢？我把荒厄〈卷三〉的第一回寫完，情形反而更慘，在床上滾了兩個鐘頭後，我認命的起床整理荒厄〈卷二〉，最少可以安撫故事別真的破腦而出。

痛定思痛，我決定把荒厄狂奔完算了。大學四年也該念完了，頂多四本而已，結局都已經設定好了，那就寫吧。看是先狂奔完還是我先沒命……通常作者命韌，都可以熬到小說出生的。

只是我很納悶也很羨慕，果然說書人和作家是有差別的。人家作家，一年寫不到一本，本本都是大作。說書人卻被故事逼著趕著，為了幾本漏洞百出的破故事，屈在電腦前連動彈也別想動彈，就是苦寫窮寫，故事還追到夢裡，睡也不給人睡，喋喋不休。

即使是因為婦科疾病倒在床上，也沒能放過我，等掙扎得動了，爬起來第一件事情……

還是寫。

只愛說妖談鬼，完全無助於世道人心。這樣的故事到底價值在哪裡呢？

坦白說，說書人真的不知道。

或者說，我根本沒辦法去想價值這件事情。我光把冒出來的故事試圖寫盡就已經精疲力盡，哪能去想價不價值。

荒厄本來就是為了ptt的marvel版寫的。我看marvel版已經很久了，但一直都只是默默的看。畢竟聊齋我已經翻到快爛掉了，看看marvel版的經驗和都市傳奇，都讓我有現代聊齋的感覺。

這是我小小的回饋……但我不知道回饋會讓我陷入水深火熱之中。

（最少讓我睡覺呀！）

但每每無以為繼，氣弱體虛時，看看回應，我又似乎可以鼓起餘勇，繼續拚下去。

這真是最甜蜜也是最可怕的折磨了。

* * *

我是個不學無術的人，我所閱覽的資料其實很有限，並且浮面。抓著一點皮毛就胡寫窮寫，實在汗顏。

當初荒厄晉級的源頭，是來自《西遊記》的非常不重要的一小段。

鹿角大仙和大聖爺賭賽洗油鍋，大聖爺洗的時候油鍋滾燙，鹿角大仙洗的時候卻冰冷。大聖爺大怒把龍王抓來質問，龍王說，「這是那孽畜自煉的冷龍。」遂把那條冷龍抓下海。

龍王會把「自煉的冷龍」抓下海，可見不是法寶之流，而是條活生生的冷龍了。但冷龍要怎麼「煉」呢？我猜不是有條蛇精的屬下拿來「煉」，就是取條蛇來加以「鍛鍊」吧？

就像殭尸可以修煉為金毛犼，自煉冷龍可能是壓縮過程或誤打誤撞的結果。

既然如此，荒厄晉級成金翅鵬也沒什麼不行吧？純陰挨了純陽之氣，沒有爆炸，引起某些不可預料的化學變化，也在情理之內。

這就是為什麼荒厄成了金翅鵬的緣故。但這種「壓縮流程」的妖怪跟長久修煉而成的，一定級別上差很多。前者像是填鴨出來的，後者則是有真才實學。所以在蛻變前拚命睡覺，而且是受到和宿主一體同心的刺激才蛻變成功。

但她是隻呆鳥，連變化人形都還不太會，只知道傻吃傻睡，也不知道自己可以到什麼程度，更別指望她會去修成什麼正果。

至於唐晨的元神會是條金蛇，我也想很久。其實有想過是否用條金龍代替過去……但又覺得不合適。認為蛇是邪惡化身，那是西方基督教文化的餘孽，事實上，東方文化比較趨近於蛇龍同源，互為化身。

蛇修煉後化為龍，在民俗神話裡屢屢可見。所以我狂悖而大膽的將這個「大有來頭」、「神或佛」轉世的「善士」元神，設定為「金蛇」。一來暗示他並未修行，還是「龍之幼體」，二來暗示他嚐過了「俗世之想」，沾染過紅塵了。

但這樣就很難解決金翅鵬和蛇（龍）的宿敵問題。後來想想，現代文明，已經將本能磨得差不多了，他們又都是都市長大的眾生。貓鼠尚可同窩相親，何況金翅鵬與金蛇。放在這個時代，一點都沒有不合適之處。

於是我心安理得的解決這個矛盾，就這麼寫下來。

這麼一點小東西，我都苦思惡想，若要把底下隱而未書的部分都寫出來……我想大約就跟撞沉鐵達尼號的冰山有得比。我真想多活幾年，還是多多克制的好。

讀者們只要知道我不過是：師《聊齋》、慕《西遊》，那就可以了。雖然說師得荒腔走板，慕得異想天開……但就不要跟連大學都沒念過的說書人計較了。

現在，我只有一個和蘅芷相同的疑惑。

我……真能平安活到蘅芷畢業嗎……？

蝴蝶2009/4/1

Seba・蝴蝶

國家圖書館出版品預行編目(CIP)資料

荒厄〈卷二〉/ 蝴蝶Seba著. -- 三版. -- 新北市：
雅書堂文化事業有限公司, 2023.01
冊； 公分. -- (蝴蝶館 ; 28)
ISBN 978-986-302-655-6 (卷2 : 平裝)

863.57 111020713

蝴蝶館 28

荒厄〈卷二〉

作　　者／蝴蝶Seba
發 行 人／詹慶和
執行編輯／蔡毓玲
編　　輯／劉蕙寧・黃璟安・陳姿伶
封面插畫／PAPARAYA
執行美編／陳麗娜
美術編輯／周盈汝・韓欣恬

出版者／雅書堂文化事業有限公司
郵政劃撥帳號／18225950
戶名／雅書堂文化事業有限公司
地址／新北市板橋區板新路206號3樓
電子信箱／elegant.books@msa.hinet.net
電話／（02）8952-4078
傳真／（02）8952-4084

2023年01月三版一刷　定價240元

經銷／易可數位行銷股份有限公司
地址／新北市新店區寶橋路235巷6弄3號5樓
電話／（02）8911-0825
傳真／（02）8911-0801

Seba・蝴蝶

Seba・蝴蝶